CONTOS DE ALYIRIA
HERDEIRA

Por J. J. kīmmorist

Herdeira

Contos de Alyiria

J.J. Kimmorist

Published by J.J. Kimmorist, 2023.

This is a work of fiction. Similarities to real people, places, or events are entirely coincidental.

HERDEIRA

First edition. February 14, 2023.

ISBN: 979-8215866795

Written by J.J. Kimmorist.

Sumário

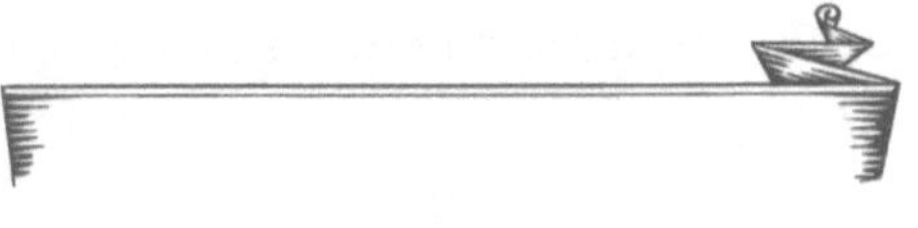

Nota do autor

Bem-vindo ao mundo sombrio e belo de Alyiria. As palavras a seguir foram escritas em colaboração com os membros da banda Alyiria - os bravos exploradores que ousaram sonhar com a história profunda e extensa de uma terra com sensibilidade própria. Antes de eu chegar para colorir a topografia, os pontos mais marcantes da cartografia de Alyiria (da rica história de dez mil anos aos dilemas morais de cada personagem) foram mapeados por Ícaro Allysson, Leonardo César, João Arthur e Bruna Soares.

Embora inicialmente me pedissem apenas minha opinião sobre os estágios iniciais do projeto, admito que caí de cabeça neste mundo brutal e de tirar o fôlego. Desde a música e a arte até as letras e o conhecimento preliminar, as sementes da história me atraíram. Encantado e sem esperança de voltar à superfície no reino terreno, eu tinha apenas uma escolha: escrever. Peguei a caneta na página sem permissão ou constrangimento. E ao final de meus rabiscos febris, enviei o primeiro rascunho com a respiração suspensa e os dedos cruzados. Ninguém pediu minhas palavras, mas, infelizmente, aqui estão elas, pois todos os membros me concederam total liberdade criativa.

Embora o verdadeiro gênio de Alyiria resida nos arquitetos de sua fundação, sinto-me honrado em ser contado entre a equipe como o escriba de *Os Contos de Alyiria*. Juntos, convidamos você a mergulhar na música e nas páginas deste livro amaldiçoado. . . .

Se você ousar.

~ JJ kīmmorist

"*Nas eras seguintes, muitos tentariam desvendar os segredos do tomo proibido de Carella. Mas ninguém poderia ler suas páginas sem perder a sanidade.*

Há apenas um que leu e entendeu - aquele que finge dormir no escuro.

-Afótico

Prólogo:

Minha alma desperta - ou talvez não. Não acordo, pois não possuo um corpo para abrir os olhos. É a chegada da consciência, da consciência, na qual eu desperto. Escuridão vazia é tudo que percebo. Quem sou eu? O que eu sou? Devo ter um passado, uma espécie de origem. Embora eu não tenha uma única memória para ancorar minha consciência, sinto que meu nome e minha história estão do outro lado da escuridão. Procuro lembranças esmaecidas, mas elas se desviam de minhas mãos como sombras para a luz.

Há quanto tempo minha alma flutua neste plano do nada? Em uma terra onde o tempo foi erradicado, parece que há eras entre cada momento. . . cada pensamento. Não fujo para os sonhos nem suspiro dos pesadelos; Eu simplesmente existo. Um vasto vazio de preto é tudo o que existe. Eu flutuo através de sua eternidade. Sem parar, o vazio reina. Estou sozinho.

"VOCÊ NÃO ESTÁ SOZINHO."

Não tenho corpo para pular de susto, mas a Voz ecoar do vazio me envolve em um novo terror. Não vejo nenhum ser para abrigar tal voz. Isso ecoa ao meu redor.

"Quem fala?" Eu pergunto sem uma boca.

"EU SOU A SAÍDA DESTE REINO."

Uma onda de pânico grita através da minha alma. Quais são essas emoções cruas? Eu não tinha motivos para sentir medo enquanto estava suspenso sozinho na escuridão. "Onde estou?"

"TUDO SERÁ RESPONDIDO A TEMPO, ALMA PEQUENA."

"De que maneira cheguei aqui?"

"VOCÊS VIERAM A MIM NESTA TERRA PARA OUVIR AS PALAVRAS."

"Eu vim aqui por vontade própria?"

"NA VERDADE. PARA OUVIR AS PALAVRAS, BUSCAR A VERDADE, SUPORTAR A PROVA."

"Teste? Verdade? Não tenho conhecimento de onde você fala. Meu próprio nome é um mistério.

"TUDO SERÁ REVELADO QUANDO APRENDERES A VERDADE."

"Quem sou eu?"

"VOCÊ DEVE PRIMEIRO SUPORTAR O TESTE."

A Voz sabe meu nome, mas se recusa a me esclarecer. Porque? Parece um truque cruel reter tal coisa. O conhecimento potencial do meu nome revela um desejo por ele. Quem sou eu e por que vim aqui?

"É uma espécie de enigma? Eu ordeno que você fale.

"UM AVISO, ALMA PEQUENA, O TESTE TERÁ CONSEQUÊNCIAS. SE VOCÊ NÃO DESCOBRIR A VERDADE, VOCÊ PERMANECERÁ AQUI NO ESCURO PARA SEMPRE."

O abismo que me cerca pulsa com a promessa da escuridão eterna. A imensidão inescapável é esmagadora; Sinto que enlouqueceria neste reino muito antes de o para sempre começar. No entanto, há apenas uma saída, e o desejo de meu nome exige minha aquiescência.

"Eu aceito seu teste."

"VENHA, COMECEMOS. HÁ MUITO QUE VOCÊ PRECISA VER. . . ."

Não tenho pernas para seguir, mas sou rebocado pelo nada como se amarrado pela Voz. A princípio, há apenas escuridão, depois uma pontinha de cor, como se estivesse no fim de um túnel incrivelmente longo.

"Onde estamos indo?"

"DE VOLTA A ALYIRIA."

Alyiria? O nome me impressiona com um tom de familiaridade. Em partes iguais, excitação e medo passam por mim como se minha alma fosse uma tempestade das duas forças. A mancha de cor - vermelha - aumenta em um ritmo alarmante, e eu sinto que estou caindo - não, arremessado através do espaço. O ponto fica cada vez mais largo até ser tudo o que vejo.

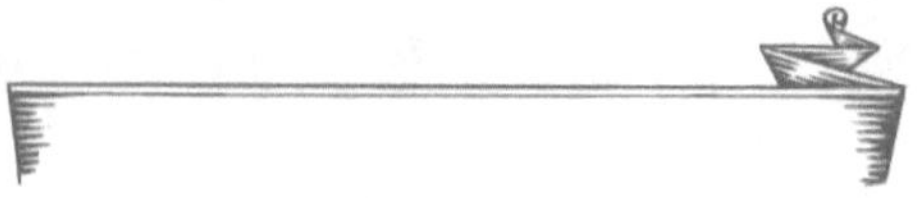

Capítulo Um: Bandeira de Sangue

O tapete vermelho abria caminho como um rastro de sangue desde as portas da sala do trono até a escadaria do Rei. A Herdeira deleitou-se com a visão dos estandartes e cortinas carmesim que adornavam o salão de pedra. Tudo vermelho. Vermelho como sangue. Vermelho como o campo de batalha embelezado com a derrota do inimigo.

Vermelho para proclamar o reinado do Rei.

A herdeira se escondeu atrás das cortinas escondendo sua presença na galeria. Seu camarote particular, construído à esquerda do trono do Rei, era seu lugar favorito em toda a fortaleza. Ela sentou-se empoleirada, ouvindo e sorrindo seu sorriso grotesco em silêncio. Ninguém precisa notar a criatura à espreita ao lado do Rei.

"Por favor, Vossa Majestade, a guerra santa levou todos os nossos filhos. Não temos meios para semear nossas colheitas ou mesmo alimentar nossos filhos." Um camponês idoso com cabelos grisalhos se encolheu ao pé dos degraus que levavam ao trono do Rei, suas roupas puídas e cobertas de sujeira. Como ele se atreve a ficar diante do Rei envolto em desgraça!

"A guerra é de extrema prioridade. Terei meu exército alimentado!" O Rei olhou furioso para o camponês. "Devido à sua idade avançada, você foi poupado do recrutamento. No entanto, espera-se que você sirva ao seu país. Você é um fazendeiro, não é?"

"Sim, Majestade, mas..."

"Então de que serve você se não pode cultivar?" O Rei não esperou pela resposta do velho. Ele acenou para os guardas que agarraram o humilde mendigo por cada braço. "Se você não vale sua vocação, você não vale nada para o Reino. Fora com você, seu rato imundo!"

"Não! Por favor, Vossa Majestade... Um forte soco da guarda do Rei silenciou seu apelo. Os guardas arrastaram o camponês sujo pelo tapete vermelho-sangue.

Os doze clérigos estacionados na galeria acenaram com sua aprovação ao Rei.

"Muito bem, pai," a herdeira sussurrou do seu assento sutil, coberto por um véu.

O Rei estava longe dos dias em que se comovia com as lágrimas dos oprimidos. Um fervilhar de raiva ferveu dentro da herdeira com a memória dele pulando de seu trono para sujar as mãos ao consolar uma viúva que implorou ao Rei uma extensão de seus impostos. Vermes imundos, todos eles tentando cavar seu caminho para as boas graças da coroa. Conivente. Choramingando. Inútil.

A herdeira olhou com orgulho para o pai, parecendo real e intimidador em seu trono dourado. Ele se recuperou rapidamente da faca da viúva em seu estômago. Nenhuma evidência podia ser vista agora, não depois do trabalho do mago. Quanto à viúva, bem, seus ossos ainda pendiam da parede do castelo.

"Traga o próximo," o Rei ordenou.

Sim, ele tinha ido muito longe. A Herdeira estudou seu rosto; nenhuma fraqueza ou compaixão vincou seu rosto enquanto ele observava os guardas arrastando o camponês para fora do amplo conjunto de portas no final da sala do trono. Ela tamborilou com os sete dedos no braço da cadeira enquanto esperava o próximo mendigo.

Um soldado atravessou as portas e atravessou a milha de carpete. A herdeira notou indignação no modo como ele se apresentou ao Rei. Embora seu pai se elevasse acima do soldado do alto dos degraus altos, o soldado se mantinha como se se recusasse a ser dominado pela altura do trono. *Determinado, este.* A herdeira olhou para a protuberância furiosa do queixo do homem e sua armadura surrada com sangue ainda fresco. A capa que lhe caía sobre os ombros pendia enegrecida e chamuscada. Ele segurou o capacete debaixo do braço enquanto olhava ao redor da sala do trono com os olhos assombrados de um homem recém-saído do campo de batalha.

"Sua Majestade." Ele ofereceu uma reverência rasa.

"Convoquei o General Garnalor." A voz do Rei ecoou nas paredes de pedra. "Por que ele te envia em seu lugar?"

"O general chegou."

O soldado tirou o capacete debaixo do braço. Com o punho cheio de cabelo, ele arrancou uma cabeça decepada do elmo e a ergueu para o Rei. Os clérigos na galeria ficaram boquiabertos. Sangue espesso e congelado escorria do pescoço do general para se misturar com o tapete. Uma mandíbula flácida e olhos vazios e machucados apontados para o trono em acusação silenciosa.

O canto da boca do Rei se contraiu. "Por que você me trouxe esta abominação?"

"Para provar que a guerra está no fim. Não temos os suprimentos, os homens, nem o líder" – ele ergueu a cabeça do general – "para continuar esta guerra, Sua Majestade."

"Eu não dou ouvidos às palavras dos covardes! Esses drows ateus devem ser derrotados e, se o general Garnalor for um cadáver em decomposição, encontrarei outro para liderar meus exércitos.

Em uma demonstração de insurreição silenciosa, o soldado colocou a cabeça decepada no tapete. Seus olhos cegos continuaram a olhar para o trono. O soldado se endireitou, balançou a cabeça e encarou o Rei. Ele falou suas próximas palavras suavemente enquanto seu olhar queimava com brasas de raiva. "O Reino de Arinna não pode mais suportar essa loucura."

"Loucura? Como você ousa! Vou mandar enforcar você!

"Me enforque ou não, Majestade, eu trago a verdade. Arinna não sobreviverá a esta guerra se você continuar. A Matriarca de N'lannah protegerá as minas de Sydosium a todo custo. Os Drows são fortes e trazem seus magos que usam magia pirotécnica para transformar o campo de batalha em um inferno. Uma vez que os incêndios se alastram. . . ". Suas mãos se contraíram em seu manto chamuscado. "Não há nenhuma batalha a ser travada."

Os clérigos sussurraram entre si em resposta. A Herdeira ouviu dúvidas em seus tons. Ela ergueu os nódulos bulbosos de sua mão deformada em direção à galeria. *Fiquem quietos.*

Os clérigos ficaram em silêncio.

Ela voltou sua atenção para o trono. *Força, pai. Um homem deve ser firme em sua determinação se quiser governar seu povo.* Ela podia sentir a pontada de raiva crepitando dentro dele, e ela pressionou sua influência para encorajá-lo.

"Não vou dobrar o rabo e fugir como um covarde. O Sydosium pertence a mim, e só eu decidirei o destino da guerra, não um simples soldado." O Rei acenou para os guardas. "Para a parede com este!"

Como um bom soldado, ele não implorou. Ele caminhou orgulhosamente para o seu destino com aceitação.

Ele deixou a cabeça olhando para o trono.

O caminhar desigual da herdeira ecoou nas paredes de pedra do castelo. Seu passo era lento, mas ela não se importava. Os servos reconheceram o som de sua chegada e ela gostou de vê-los fugir com medo. *Vão, fujam, ratinhos. Vocês não podem escapar de mim.*

Ela dobrou uma esquina e passou pelas vestes brancas de um clérigo. Apesar do véu que ela usava sobre o rosto, o homem respirou fundo ao vê-la. Ele rapidamente guardou seu medo e ofereceu uma reverência.

"Sua Alteza," ele disse sem erguer os olhos das pedras.

A herdeira o reconheceu com um aceno de cabeça. *Bom menino.* Ela havia dominado a arte sutil de manipular o clero com um puxão em uma corda aqui e um empurrão ali. Depois de anos de paciência, a igreja agora a considerava um messias. Permaneceu uma de suas maiores realizações, perdendo apenas para quando orquestrou a guerra.

O clérigo permaneceu curvado, olhando para onde a borda do vestido da Herdeira encontrava o chão. Ela se entregou a um movimento sob as saias. Rápido como um piscar de olhos, ela mostrou a ele um flash de sua verdadeira forma. O homem enrijeceu quando ela deixou um tentáculo sair por baixo de seu vestido.

Ela sorriu, sabendo que ele provavelmente repetiria o momento esta noite quando o sono era um estranho frio. Mas ao amanhecer, ele se convenceria de que imaginou tudo.

"S-salve a herdeira", disse ele, com a voz trêmula de piedosa convicção. "Eu rezo para que você traga a salvação para a coroa."

Oh, salvação com certeza. Ela torceu seu sorriso grotesco sob o véu que cobria seu rosto. *E a salvação será doce.* Ela tomou um gole indetectável de sua força vital, apenas uma pequena respiração para reabastecer suas reservas. Ela deixou o sentimento impregnar sua alma malformada e saboreou-o como uma boa safra enquanto deixava para trás a comida vestida de branco.

A herdeira chegou à varanda onde seu pai estava observando os carrascos executarem a sentença dos dois homens. Ela se juntou a ele sem dizer uma palavra e olhou para a parede do castelo abaixo deles. Ela ficou satisfeita ao ver dois homens nus pendurados pelas mãos.

"Existe alguma razão nisso?" perguntou o Rei.

"Covardes e tolos, ambos." Ela olhou para o velho camponês que gritou quando os guardas o ergueram na parede. O soldado rebelde se levantou ao lado dele, mas ele permaneceu em silêncio. Seus olhos encontraram o Rei e a Herdeira observando-o do parapeito. Ele teve a ousadia de olhar de volta com despeito odioso.

A herdeira desprezava o orgulho autoconfiante do rebelde. Ela gostou dos gritos do camponês e procurou igualar o terror. Com os sete nós dos dedos de sua mão cheia de tumor, ela tirou o véu escuro de seu rosto. A expressão que cruzou o rosto do soldado era tão deliciosa que ela desejou que fosse feito de bolo para poder devorá-lo junto com uma xícara de chá. *Sim, os rumores são verdadeiros.* Medo se infiltrou em cada faceta de seu rosto enquanto ele olhava para o horror de sua deformidade. Suas feições estavam embaralhadas, como se seu criador tivesse derrubado a pilha de barro na qual ela foi esculpida. A pilha de sucata de seu rosto tinha um olho caído perto de sua boca. A outra estava tão afundada em seu crânio que mal podia ser vista. Sua testa projetava-se para fora enquanto seu queixo recuava para dentro, o que comparava seu perfil à habilidade casual de um desenho com a mão esquerda.

E esta era apenas sua forma humana. *Ah, se você pudesse ver minha verdadeira face. . . .*

Ela sorriu para ele então, um sorriso para fazer as mães matarem seus filhos. Um sorriso para virar mundos e reinos de cabeça para baixo. Dizem que beleza é poder, mas a herdeira descobriu que o medo e a reputação lhe ofereciam muito mais do que um rosto delicado.

"E se houver verdade em suas palavras? E se esta guerra não puder ser vencida?" o Rei sussurrou em seu ombro. Sua expressão permaneceu dura como pedra, mas suas palavras deram lugar à dúvida, que ele raramente mostrava a alguém além de seu confidente de confiança.

"Você deve encontrar uma maneira." A Herdeira continuou a beber do medo maduro do soldado.

"Mas em que estado o Reino estará quando a guerra acabar? Os Drows estão queimando nossa terra; haverá algo para governar até o final?

"Não se preocupe, bom pai." Ela desviou sua atenção do rebelde na parede. "Arinna vai prosperar no final. A riqueza do

Sydosium nas minas que conquistamos irá mais do que financiar a reabilitação do Reino. Com o poder do metal, nossos magos podem refazer Arinna de novo. E você será o salvador de todos eles. Seu legado viverá para sempre."

Ele assentiu enquanto observava os dois homens condenados. "Você está certa como sempre, minha filha."

"Eu apenas sirvo ao Rei." Ela ficou satisfeita com o quão longe ele havia se afastado do tolo chorão que chorou no leito de morte de sua esposa e lamentou as tristezas mesquinhas de seus súditos. Ele não precisava mais ser empurrado para trás no curso, mas ela lhe deu um leve empurrão com sua mente. Uma garantia gentil firmaria sua determinação e acabaria com quaisquer dúvidas remanescentes.

Por sugestão de sua influência, o Rei se endireitou. Ele olhou para os homens na parede enquanto os carrascos começavam seus cortes. Eles usaram foices em bastões longos para enfeitar o mundo com seu sangue. Os gritos dos prisioneiros flutuavam no doce ar da tarde, e a herdeira respirou fundo para combinar o deleite com um gole da força vital do Rei. Ela suspirou quando o poder satisfez sua fome. Seu pai piscou, gemeu e segurou com força a grade da sacada como se estivesse tonto, mas ela sabia que ele não suspeitava de nada.

"É hora de me retirar para meus aposentos durante o dia," ele disse.

"Mas você vai perder a melhor parte." Ela fez um gesto para os carrascos despedaçando os homens.

"Deixo você aproveitar sem mim." Ele acenou para ela em despedida.

"Sim sua Majestade." Ela sorriu seu sorriso nojento e voltou-se para os homens traidores pendurados na parede.

As foices brilhantes cortaram os homens em uma série de cortes curvos, respingando sangue na pedra manchada de ferro. A Herdeira inclinou-se para a frente no corrimão da varanda e brincou com o medalhão em volta do pescoço. Ela virou-o sobre os nós dos dedos e riu quando os intestinos do camponês se derramaram de suas entranhas como um saco partido de salsichas. Ela rolou o medalhão entre a pele inchada dos dedos e sentiu os sete rostos estampados no metal. No centro havia um diamante negro em forma de estrela de sete pontas.

"Oh Mãe Sombria . . ." A Herdeira deu um suspiro satisfeito, ouvindo os gritos da morte. Na verdade, a briga com os Drows e a sangrenta guerra por Sydosium serviram apenas como uma distração para seus planos maiores. Ela olhou para o Reino de Arinna e imaginou todas as terras do mundo além. Ela os imaginou tomados pela Noite - uma sombra escura caindo sobre a terra no abraço do retorno da Mãe das Trevas.

"Em breve, Mãe Sombria, em breve. . ."

Os gritos dos homens morreram enquanto suas vidas se esvaíam. Um novo par para adicionar à coleção de covardes e traidores que se decompõem ao lado deles. Seus cadáveres serviriam de alimento para os corvos e espécimes decorativos para os transeuntes. Os corpos ensanguentados pendurados nas ameias são como bandeiras vermelhas.

Vermelho para declarar o reinado da herdeira.

Estou de volta ao nada eterno, como se nunca tivesse partido. Nenhuma evidência de cor resta da realidade que testemunhei há pouco.

"Não entendo. Por que você me mostrou esta visão?"

"É APENAS UMA FRAÇÃO DA VERDADE MAIOR."

"Que verdade? Que enigma devo entender da visão dessa bruxa deformada?

"A HERDEIRA DÁ UMA PISTA. HÁ MUITO MAIS PARA VOCÊ VER."

"Onde é que vamos a seguir?"

"ISSO É PARA VOCÊ DECIDIR."

Não tenho a menor ideia do que pedir a seguir. A cena me fez cócegas com uma pontada de terror e algo mais. . . . Familiaridade talvez? Como se eu o tivesse visto antes em um sonho distante. Eu estive lá quando estava vivo? As respostas parecem ao meu alcance, mas me faltam as mãos para agarrá-las.

A identidade da Voz estava presente na visão? Será que a Herdeira realizou uma forma de magia que a transformou em um deus - na Voz me testando neste reino de vazio?

"NÃO TENHO TEMPO DE ESPERAR. QUE CAMINHO VOCÊ PROCURA A SEGUIR?"

Eu me debato em busca de respostas ou perguntas a fazer. A Voz que ressoa através do abismo parece não ter gênero. Aliás, que gênero eu sou?

"DECIDE-SE, ALMA TOLA, ANTES QUE EU TE FAÇA NO ESQUECIMENTO E PROCURE OUTRO PARA DESCOBRIR A VERDADE."

"E-eu. . ." Flashes da visão recente se destacam para mim. A menção da guerra e a visão do medalhão da herdeira zumbiam por trás da minha consciência. "A guerra. Qual é a verdadeira guerra se o desejo pelo minério mágico é apenas um estímulo?

Silêncio.

Então a escuridão se dissipa como o punho de um deus arrancando um cobertor preto do mundo.

14

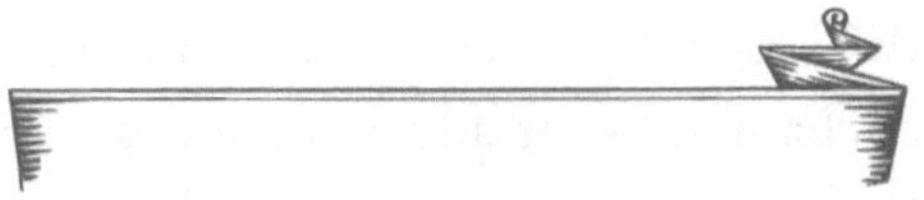

Capítulo Dois: Na Humanidade

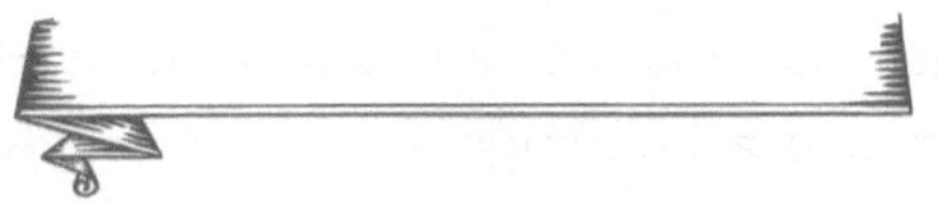

Kavor disse a si mesmo que foi a esperança que o puxou da parede do cemitério para buscar novos materiais de construção, mas parecia muito com desespero.

A primeira chegada de chuva borrifou das nuvens inchadas enquanto Kavor caminhava pelo que restava da aldeia. Vagões e carroças jaziam tombados e abandonados com musgo crescendo nas laterais. Um arrastar de pés na terra e o cheiro de lixo confirmaram a presença das crianças escondidas que chamavam os vagões de lar. Eles recuaram para a escuridão de seu abrigo quando ele passou. Talvez eles tenham visto o desânimo vago nos olhos de Kavor e pensado que ele era um dos mortos - sábio para se esconder dos mortos nos dias de hoje, mas os vivos se mostraram ainda mais perigosos.

Ele não precisava ver as maçãs do rosto sujas e salientes das crianças para saber o olhar assombrado que enchia seus olhos. Ele não precisava ver seus joelhos nodosos e caixas torácicas encovadas para saber que estavam morrendo de fome. Ele tinha visto tudo por seis anos inteiros. O fedor de carne podre permeava para sempre o ar. Para onde quer que olhasse, encontrava apenas seres destituídos lutando para sobreviver mais um dia. A guerra durou muito mais tempo do que qualquer um na pequena aldeia de Renne ousava imaginar.

A aldeia devastada pela guerra ainda continha a chamuscada enegrecida das chamas do passado. Os campos além davam uma lembrança de tentativas abandonadas de restauração. Eles tentaram reconstruir; eles realmente tentaram. Mas quando a guerra do rei levou todos os homens para morrer no próprio fogo da batalha que queimou sua casa, as mulheres e crianças foram deixadas para cuidar dos campos e criar seus filhos sozinhas. O pai de Kavor, um velho considerado indigno de recrutamento na guerra, partiu para requisitar o rei tirano, para as lágrimas amargas da mãe de Kavor.

Seu pai nunca mais voltou.

E então os saqueadores vieram para pilhar as aldeias abandonadas deixadas devastadas pela guerra. As mãos de Kavor, um garoto de apenas doze anos, no cabo do machado não eram páreo para os homens terríveis que vieram para violar mulheres e se banquetear com os minúsculos restos de humanidade deixados para eles.

Atualmente, Kavor ficava no cemitério na periferia da cidade. Tábuas de madeira para reforçar a cerca ao redor do cemitério estava em falta e ele apenas vagou até a aldeia para procurar suprimentos. Continuava sendo uma tarefa difícil, pois se ele arrancasse uma tábua de um barraco em ruínas, às vezes — sem saber — destruía a casa de alguém. Em uma terra devastada, era isso que sua vila havia se tornado: uma cidade de necrófagos.

Os pés de Kavor o levaram até o casebre em ruínas que costumava ser sua casa. Talvez invasores se amontoassem debaixo do meio teto quando chovia. Ele esperava que a casa da família com todas as suas memórias de infância ainda servisse de refúgio para alguém. Mas, mais provavelmente, era o lar apenas dos ratos que se banqueteavam com os ossos de crianças mortas.

HERDEIRA

Eles eram os afortunados - os ossos. Aqueles que conseguiram morrer antes da maldita ressurreição. A única coisa que mantinha Kavor avançando, dia após dia, era sua responsabilidade para com os mortos. Como guardião do cemitério, ele tinha um propósito, um dever. mas por quanto mais tempo? Ele costumava carregar a esperança como uma mochila nas costas. Agora ele se sentia de mãos vazias. Talvez ainda estivesse lá, enterrado sob as cinzas da aldeia e os gritos das mulheres à noite quando os saqueadores iam fazer o pior. A ressurreição trouxe consigo um novo horror, uma nova dor, um novo estado de impiedade. . . e bem quando ele pensava que não poderia piorar, sempre...

"Kavor!" uma voz chamou através da rua abandonada. "Kavor!" Um pedido de ajuda.

Kavor virou-se para observar um menino de oito anos com membros finos como pés de milho e olhos assombrados como cascas vazias. "O que é, Sendry?"

"É a mamãe." Sendry parou diante de Kavor, ofegando com as mãos nos joelhos e terror em seu rosto. "Por favor . . . você deve ajudar.

Kavor assentiu. "Vamos ser rápidos então."

Ele seguiu o menino pelas ruas profanadas, passando por pilhas de entulho e montes de lixo. A aspersão de cima transformou-se em chuva forte e transformou a estrada de terra em lama. O cheiro repulsivo de merda e lama enchia o ar, e o lodo marrom salpicava suas botas rasgadas enquanto ele corria.

Os gritos chegaram aos ouvidos de Kavor sobre o tamborilar da chuva. Sendry diminuiu a velocidade diante de uma casa em ruínas com tábuas recolhidas pregadas sobre buracos na estrutura. Um *baque-baque-baque* acompanhou o grito uivante de devastação de dentro.

Sendry acenou para que ele avançasse pelos fundos da casa até a entrada oculta. Ele deslizou uma tábua apodrecida para o lado para revelar uma entrada apertada e deslizou para dentro. Com a tensão apertando seu peito, Kavor se agachou e se arrastou atrás dele.

Através dos buracos no telhado, a escuridão do lado de fora vestia o espaço interno com sombras escuras e gotas de chuva. Kavor semicerrou os olhos no escuro. Os parcos pertences da família espalhados pelo chão em pedaços: uma mesa de lado e um banquinho com uma perna quebrada. Os restos quebrados de cerâmica de barro estalaram sob seus pés. Um som de gemido e o raspar de pregos na madeira vieram de um armário no fundo da sala. Uma cadeira estava apoiada sob a maçaneta da porta.

No canto estava o contorno escuro de uma mulher curvada e chorando. Kavor reconheceu a mãe de Sendry, Delna. Seus ombros tremiam com soluços. Ela engasgou para ofegar outra respiração antes de lamentar outro grito. Kavor conhecia aquele grito - a devastação de uma alma dividida em duas. Ele se aproximou, as tábuas apodrecidas sob seus pés cedendo a cada passo. Ele estendeu a mão e a colocou no ombro de Delna.

Ela se afastou de seu toque. O movimento brusco revelou o corpo minúsculo e sem vida em seus braços: seu filho mais novo, Thom. Suas perninhas de cinco anos pendiam de seu aperto enquanto ela o segurava contra o peito.

Baque-baque-baque continuou da porta do armário do outro lado da sala.

Kavor virou-se para Sendry. "O que aconteceu aqui?"

Sendry, o pobre menino, muito abalado para sentir a perda, muito apavorado para chorar, olhou para Kavor como se ele tivesse o poder de colocar tudo de volta em ordem.

"Rash. . .", começou Sendry. Kavor lembrou-se da irmã mais velha de Sendry, de sua idade, que costumava ter um lindo sorriso. Em outra vida, ele poderia ter tentado se casar com ela. Mas a aldeia de Renne não via casamentos atualmente, e as promessas feitas eram apenas para continuar vivendo mais um dia. Sendry recuperou o fôlego e continuou: "Rasha c-chegou em casa e-e-e. . . ela machucou Thom, e mamãe tem chorado desde então.

"E onde está Rasha agora?"

"Nós a trancamos no armário. Nós-nós tivemos que fazer isso.

Kavor assentiu e colocou a mão no ombro do menino. "Eu sei. Você fez a coisa certa."

Baque-baque-baque.

Kavor olhou para o armário e depois para o corpo de Thom nos braços de Delna. "Não temos muito tempo." Ele se voltou para Sendry. "Precisamos levar Thom e Rasha para o cemitério."

Sendry deu um passo para trás, os olhos arregalados com a lenta eclosão da compreensão. Kavor sentiu o peso esmagador da compreensão do pobre menino. Um menino cheio de esperança, mas o problema da esperança é que a outra cara que ela tem é a negação. Kavor observou tudo se desenrolar no rosto coberto de sujeira do menino de oito anos enquanto Sendry olhava para frente e para trás entre sua mãe e a porta batendo. A feliz bandagem de negação foi rasgada para expor a ferida recente ao ar infeccioso.

Então ele assentiu, duro como pedra. Com sua infância roubada dele, seus olhos assombrados encaravam Kavor com a maturidade de um homem com o triplo de sua idade. "Vou chamar Thom e mamãe."

Kavor removeu a corda que mantinha amarrada na cintura para situações como essa, enquanto Sendry se afastava para consolar sua mãe.

Com o coração batendo contra o peito tão violentamente quanto Rasha batia contra a porta, Kavor colocou a mão na maçaneta e removeu a cadeira. Ele se moveu para abrir a porta, mas antes que a abrisse pela metade, Rasha o atacou e o derrubou no chão. Kavor mal teve tempo de erguer as mãos e segure-a enquanto ela solta um guincho gutural e tenta agarrá-lo. Seus olhos estavam cheios de raiva cega e sua mandíbula se abria e fechava enquanto a saliva escorria de seus lábios. Um pedaço de pele rasgada pendia de sua bochecha, mas nenhum sangue escorria.

Morte cara a cara. Medo em seu coração. Um monstro em cima dele.

Ele podia ouvir Delna gritando, mas não conseguia olhar. Rasha se debateu e rangeu os dentes como um cachorro raivoso, e Kavor sabia que ela daria uma mordida nele se ele não a controlasse. Ela arranhou os braços dele com as unhas quebradas e lutou para chegar mais perto, os dentes a apenas alguns centímetros do rosto dele. Ele tentou puxá-la pelos cabelos, mas mechas de cabelo escuro se soltaram de seu couro cabeludo. Ele a agarrou pelo pescoço e rolou. Por um momento, eles eram uma bola de membros lutando e corpos se debatendo colidindo um contra o outro até que Kavor ganhou a vantagem. Ele subiu em cima dela e prendeu seu rosto contra as tábuas curvas do assoalho. Ele se ajoelhou nas costas dela e correu para amarrar seus braços atrás dela enquanto ela gritava.

Quando ele terminou de amarrá-la, ele ofegou enquanto segurava um joelho nas costas de Rasha. Ela continuou a gritar e se contorcer quando ele se virou para encontrar Delna olhando para ele com horror. Ela segurou Sendry abraçada contra sua perna direita, e o corpo de Thom agarrado em seu braço esquerdo. Kavor abriu a boca para falar, mas o que ele poderia dizer? A amada filha primogênita de Delna agora era uma abominação morta-viva que havia assassinado seu filho mais novo. Que palavras alguém diz em um momento como este?

Não importava, pois Thom começou a se mexer.

"Delna!" O aviso saltou dos lábios de Kavor assim que o menino embalado em seu braço abriu seus olhos cegos.

"Meu bebezinho!" Delna se alegrou.

Negação: muitas vezes parecia muito com esperança.

"Não!" Kavor avançou, cobrindo o espaço em dois saltos, mas tarde demais.

Thom acordou dos mortos com uma fome que não perdeu tempo em saciar. Seus dentes afundaram no pescoço de sua mãe e arrancaram um pedaço de carne. O sangue espirrou em todas as direções, encharcando Kavor que arrancava Thom da garganta de Delna e o segurava.

"Mamãe?" Sendry agarrou-se à sua mãe em descrença.

Delna colocou as mãos sobre o buraco em sua garganta. O sangue jorrou entre seus dedos em uma inundação inevitável. Ela olhou para seu único filho restante e murmurou palavras, mas apenas um gorgolejo afogado saiu. Com amor brilhando em seus olhos, ela sustentou o olhar de Sendry. A aceitação a inundou no mesmo ritmo que a vida se esvaía por seu pescoço.

Kavor lutou para obter o controle da criança contorcida em suas mãos enquanto a forma raivosa de Rasha tentava se levantar. Apesar do caos, ele ainda ouviu o baque no chão quando Delna encontrou a morte.

Um terceiro residente para adicionar ao cemitério.

O cemitério não era muito mais do que um curral cercado usado para manter os morto que acordaram. O fedor de carne podre abrangia um raio maior a cada dia que passava. Pode-se esperar que a chuva enxugue o cheiro, mas a umidade apenas engrossou o fedor e Kavor sentiu como se estivesse respirando partículas de entranhas podres e saboreando o lixo a cada respiração. E de fato muitos *beberam* da morte. A chuva lavou o lodo de restos podres morro abaixo para envenenar o abastecimento de água. Se as pessoas não tivessem o cuidado de ferver a água, um gole faria com que se juntassem aos vizinhos no cemitério.

Kavor ficou ao lado de Sendry enquanto eles observavam os mortos-vivos no cercado lotado do cemitério. Tábuas recuperadas e pedaços de lixo pregados mantinham a cerca unida em uma miscelânea precária que parecia prestes a cair. Mas, por enquanto, mantinha os mortos longe dos vivos.

Kavor colocou a mão no ombro de Sendry enquanto a chuva lavava o sangue de ambos os rostos. Sendry espiou entre as aberturas na cerca para ver sua mãe vagando esbarrando em outros cadáveres cambaleantes. Antes de entregarem os novos residentes ao cemitério, Kavor estava com medo de ter que lutar contra Delna assim que ela acordasse da morte, mas ela acordou dócil como um cavalo de madeira.

Delna, felizmente, ascendeu como um dos "fantasmas", como Kavor passou a chamá-los. Aqueles que acordaram com vazio em seus olhos - seu propósito vazio de violência. Os "famintos" é como ele passou a chamar aqueles que acordaram como Rasha e Thom. Aqueles que a morte e a ressurreição enlouqueceram. Alguns deles acordaram com fome, e alguns deles acordaram vazios como fantasmas. Kavor tinha suas próprias teorias sobre o porquê, mas elas permaneceram como conjecturas cegas.

A esperança, ao que parecia, dava fome. Morrer com um pouco de esperança enlouquecia quando a morte era negada a seus corpos. A aceitação, porém, deixava os mortos ocos e dóceis. A derrota era clara naqueles que vagavam com olhos cegos, um cadáver em palafitas invisíveis e cordas de marionetes.

"Sinto muito, Sendry." As palavras não foram suficientes, mas ele as disse assim mesmo.

"Eles vão ficar bem aí?" perguntou Sendry.

"Eles vão ficar bem. Thom e Rasha vão se acalmar depois de um tempo." Os famintos sempre ficavam fantasmagóricos depois de um tempo. Quanto tempo demorou variado. A aldeia costumava enterrar os mortos-vivos, especialmente os que acordavam com fome. Mas havia muitos agora para continuar cavando sepulturas. E alguns ainda acreditavam que seus entes queridos poderiam voltar para eles.

"Kavor, por que . . . Por que isso está acontecendo?"

Ah, como Kavor desejava ter uma resposta. "Você quer dizer a ressurreição?"

Sendry assentiu com a cabeça, os olhos ainda fixos em sua família gemendo e vagando pelo cemitério, tropeçando em pedras de cerca viva e derrubando corpos mais velhos que mancavam junto com os brancos de ossos expostos e entranhas espalhadas arrastando pela lama.

"Eu gostaria de saber por quê. . . . Alguns dizem que é por causa da guerra. Dizem que é porque os deuses estão com raiva de nós. Outros dizem que é porque o Deus da Morte morreu."

"Mas como pode um deus morrer?"

"Não sei."

Eles ficaram ali em silêncio por um tempo, enfrentando o fedor do cemitério e o frio da chuva. A dupla ficou sozinha ao lado da cerca. Normalmente, haveria outros, mas não na chuva. Apesar do mau cheiro que fazia as pessoas desmaiarem ou engasgarem e vomitarem, o cemitério não ficava sem visitantes. Nem todo mundo foi capaz de deixar seus entes queridos para trás. Evidências de suas visitas foram escritas como orações rabiscadas na cerca ou desenhadas a carvão, mas a chuva lavou muitas das orações e epitáfios improvisados. Kavor sabia que os visitantes voltariam no dia seguinte para consertar o que o tempo havia arruinado.

Kavor esperava que Sendry não fosse um dos que retornariam e assistiriam à decadência de sua família até que não fossem mais reconhecíveis - até que fossem apenas uma pilha de ossos que os cães arrastariam de debaixo da cerca e os corvos bicariam.

"Por que você continua trabalhando no cemitério?" perguntou Sendry. "Ninguém mais se importa com o que acontece com eles. Por que você?"

Na verdade, ele não sabia por que cuidava dos mortos. Talvez tenha dado a ele um propósito neste mundo desolado e sem esperança. "Alguém tem que mantê-los longe dos vivos."

Sendry considerou isso por um momento. "Rasha uma vez disse que deveríamos simplesmente queimá-los todos."

Kavor assentiu. Ele tinha pensado nisso. Cauterizar a ferida purulenta da cidade certamente ajudaria com o cheiro e os resíduos. "Acho que a aldeia já viu fogo suficiente. . . ." Ele olhou para os campos e casas devastados de Renne. "E alguns temem que os mortos ainda possam sentir as coisas."

"Eles podem?"

"Eu não acho."

Após outro momento de silêncio, Sendry disse: "Você sabe que eles chamam isso de cemitério de Kavor. Eles o batizaram com o seu nome.

"Não vejo por quê."

"Talvez eles esperem que você nos salve."

Ele deu um meio sorriso triste. Ele queria explicar como a negação muitas vezes parecia esperança.

Em vez disso, ele disse: "Talvez eu..."

O estrondo de cascos golpeou o chão em uma melodia familiar de terror miserável.

"O que aconteceu depois?" Eu pergunto enquanto sou arrancada da cena e volto para a escuridão. Quase posso sentir o toque frio da chuva desaparecendo da memória e o cheiro assaltante de cadáveres em decomposição caindo dos meus sentidos.

"UM BANDO DE SAQUEADORES PASSOU E DESTRUIU A VILA. AS PAREDES DO CEMITÉRIO DE KAVOR FORAM DERRUBADAS. KAVOR FOI ESTRAGADO E ENFORCADO ENQUANTO OS MORTOS

DERRAMARAM DE SEU PRECIOSO ZOOLÓGICO DE CORPOS. SEU CORPO MORTO PERMANECEU PENDURADO SOBRE A ENTRADA DO CEMITÉRIO ATÉ QUE APODEROU EM UM ESQUELETO, E SEUS OSSOS FORAM DESMONTADOS POR CORVOS."

"E . . ." Tenho medo de saber a resposta, mas pergunto assim mesmo. "E o que aconteceu com o menino, Sendry?"

"O MENINO FOI ABUSADO E ASSASSINADO PELOS SAQUEADORES ANTES DE RESSUSCITAR."

Tanta depravação. . . . Estava tudo errado. E os mortos-vivos? Minha alma estremece com as imagens grotescas enquanto resolvo as implicações.

"Por que os mortos não morrem?" Eu pergunto.

"SE O DEUS DA MORTE FOR DERROTADO, SUA OBRA SERÁ ANULADA."

"O Deus da Morte está morto?" Não consigo entender a morte de um deus. "Como? E porquê?"

"A ganância da humanidade não tem fim."

"Por que você me mostrou isso? Você é o Deus da Morte?" Eu recuo ao pensar que talvez eu esteja no reino para onde os deuses mortos vão depois que morrem.

"ALMA TOLA! EU NÃO SOU O DEUS DA MORTE."

"Quem . . . quem é o responsável por isso?"

"HUMANIDADE. GUERRA. NÃO UM HOMEM, MAS A Avareza DOS HOMENS."

"Não entendo. Você disse que a ganância dos homens não tem limites, mas o cemitério provou que há bondade nas pessoas. Kavor foi um mártir.

"VOCÊ NÃO ENTENDE NADA. DEIXE-ME TE MOSTRAR."

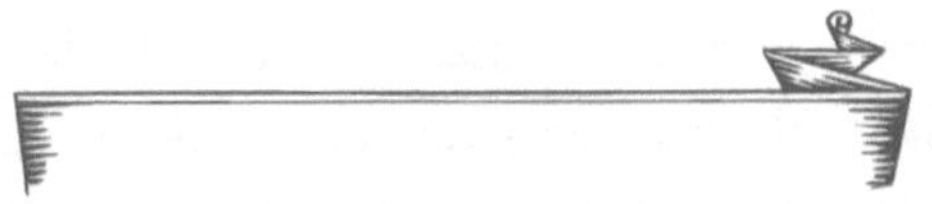

Capítulo Três: Chaos Weaver

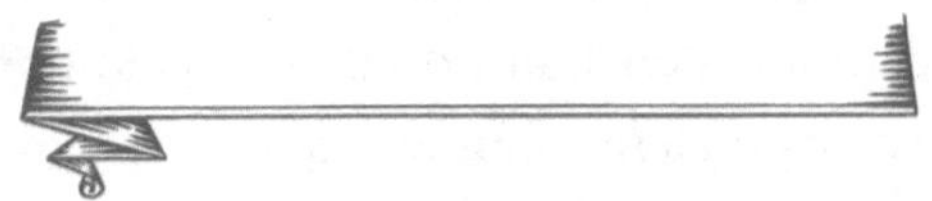

O *que eu fiz?*

O rei Sangaul caiu de joelhos. Sangue em seus lábios. Poder correndo em suas veias e martelando em seu crânio. Ele se sentiu tonto, como se tivesse bebido demais. E, de fato, ele tinha, mas não de hidromel ou vinho. Ele manteve os olhos fechados e levou as mãos à cabeça. Ele não queria ver o que tinha feito.

Silêncio. O silêncio ecoou dentro de sua cabeça. A quietude das paredes de pedra ao seu redor o oprimiam com condenação. Bem longe, um pingar avisou-lhe para olhar para cima, e ele se forçou a abrir os olhos.

Morto. Todos eles . . . *mortos.*

Corpos enchiam o grande salão. Demônios. Humanos. Seu próprio rei guarda. Sangue fresco se derramou sobre as mesas e se misturou com o vinho das taças que pingava no chão. O rei Sangaul se levantou e limpou o sangue do queixo enquanto as memórias voltavam para ele.

Ele havia encomendado um banquete. Havia sido uma festança. Risos e alegria encheram o salão. Os homens brindaram à vitória humana em mais uma batalha contra os miseráveis demônios. Eles haviam torcido por seu líder, seu salvador: o rei.

Sangaul era um rei misericordioso. Ele havia decidido isso desde o início. Em vez de erradicar os demônios, ele jurou deixá-los viver se eles se curvassem a ele e obedecessem ao seu governo. Afinal, ele precisava do sangue deles. Ele não podia exterminar as abominações como seu povo havia implorado.

Mas isso . . .

Ele recuou e quase tropeçou no corpo de seu camareiro. Os prisioneiros demônios enchiam o salão ao lado dos convidados humanos. Ele ordenou a seus homens que vestissem os demônios como tolos e os fizessem dançar durante a festa. Quando suas figuras nojentas não cabiam nas fantasias, ele simplesmente disse: "Corte até que caibam". Não foi culpa de Sangaul que os homens entenderam que isso significava os demônios em vez das vestes. Antes que Sangaul pudesse encher seu copo, apêndices demoníacos e pedaços de carne grotesca caíram no chão.

Olhando para as criaturas macabras agora, ele se encolheu ao ver o sangue negro encharcando o traje de retalhos e o horror de seus rostos pintados. Eles olhavam com olhos mortos e bocas pintadas em sorrisos como o desconforto de uma piada de mau gosto.

Como isso pôde acontecer? Ele reconheceu o sabor do sangue em sua língua - o alcatrão negro dos demônios misturado com o cheiro de ferro do sangue humano. A magia do caos era imprevisível, dava e recebia em partes iguais, mas isso era inédito. Ele sempre temeu o dia em que o custo pesaria muito.

A magia finalmente o consumiu?

Além do horror crescente, Sangaul sentiu a imensidão do poder tremendo em suas mãos. A farra o infundiu com a adrenalina que todo mago sente no início de sua magia, porém muito mais do que já havia experimentado antes. Ele crepitava entre seus dedos como se ele pudesse chover luz de suas mãos- como se deuses habitassem em sua carne. Ele poderia fazer qualquer coisa: conquistar mais terras, acabar com a raça demoníaca de uma vez por todas, ascender aos céus e se tornar uma divindade. Ele não precisava sentir a culpa pesando em seus ombros. Ele estava acima de demônios e humanos. Era seu direito alimentar sua magia apenas para...

Um movimento chamou sua atenção perto do outro lado do corredor. Um gemido e um farfalhar de tecido o informaram que alguém ainda vivia. Como um chicote feito de poder concentrado, o rei Sangaul chicoteou o sobrevivente com sua vontade e o arrancou do chão com um movimento de seu pulso. O poder se enfureceu e trouxe o sobrevivente para mais perto. Sangaul reconheceu o jovem copeiro como Pedro, filho do secretário real do rei. O sangue encharcou suas roupas. O medo nublou seus olhos.

"Por favor . . . ", Pedro implorou, "misericórdia".

O rei Sangaul segurou o menino com a força de seu poder - poder sugado do sangue do pai do menino. *Eu deveria mostrar-lhe misericórdia.* Seria penitência por matar todos os convidados em sua mesa. Era o mínimo que ele podia fazer. Sob a emoção da magia em seu núcleo, o arrependimento rastejou sobre seu peito e se instalou com o remorso.

O que eu fiz?

Então, um sussurro. Uma ideia respondeu. Estendeu a mão para ele. . . . Chamou do recesso mais escuro de sua mente, o canto infundido de sombra que ele nunca tocou. O desejo acendeu uma chama dentro dele. *Mais mais . . . tenho fome,* disse. Era seu direito devorar aquilo que o alimentava. Mas a que custo? O poder tinha um custo, não é? Era a primeira regra que todo mago aprendia.

Ele examinou o menino enquanto o mantinha imóvel. Como seria fácil esmagá-lo com um movimento da mão, como um inseto entre os dedos. Ele puxou o copeiro para mais perto até que ele estivesse a apenas um fôlego de distância. Os olhos do menino brilharam de terror. Sangaul olhou para a superfície brilhante de seus olhos e viu. . .*Oh, grande horror!*

Sangaul recuou ao ver seu próprio reflexo rosnando para ele através dos olhos cheios de lágrimas do menino. *Meu rosto!* Quando seu rosto se tornou um terror de se ver? Pedaços de carne brotaram de seu crânio, transformando o formato de sua cabeça em um pesadelo inchado. Furúnculos estouraram e escorreram de suas bochechas, e. . . algo . . . algo se infiltrou em suas feições, como uma cobra deslizando logo abaixo da superfície de sua pele.

Ele jogou Pedro longe para que não precisasse mais olhar para si mesmo. O menino gritou de dor ao bater na pedra, mas Sangaul não tinha motivos para se importar. O movimento se contorceu dentro dele. Ele arregaçou as mangas para encontrar mais furúnculos e pústulas projetando-se de seus braços. Espirais de vermes serpentinos se contorciam sob sua pele e viajavam por seu corpo como se o poder que ele possuía estivesse rasgando as costuras de sua casca mortal.

Mas lá, apesar do terror em seu novo rosto, lá estava: o desejo. A fome por mais poder queimava dentro dele mais voraz do que a experiência humana poderia comparar. Seus olhos procuraram o copeiro que se pôs de pé. Seu braço parecia quebrado quando ele o segurou enquanto fazia uma careta de dor.

Sangue da criança inocente: um caminho que todos os magos foram avisados para nunca percorrer.

HERDEIRA

Sangaul há muito havia dispensado o treinamento de seus mentores e forjado seu próprio caminho. Oh, que caminhos ele havia descoberto! Mas o que mais ele poderia aproveitar se apenas o poder que reteve fosse totalmente explorado? Ele sabia a resposta: imortalidade. A promessa o fez estremecer como o suspiro trêmulo de desejo diante das coxas abertas de um amante.

Uma escolha se interpôs entre ele e o poder supremo — entre ele e a imortalidade.

Errado. Estava tudo tão errado; ele sabia disso no fundo. Foi um sacrilégio. Isso abriria uma porta da qual ele nunca mais voltaria. Mas ainda . . . ânsia. Ele se enfureceu por seu corpo com vida própria. Sangaul empurrou para longe a parte de si mesmo que falava com cautela e deu as boas-vindas à oportunidade que o caos lhe trouxe.

Ele relembrou o triunfo de sua última batalha e como se sentiu ao olhar para o campo de batalha em chamas. Os gritos ardentes e moribundos do inimigo demônio frescos em seus ouvidos, e a queimadura de corpos em chamas quentes em sua pele. Ele olhou para as brasas do vale e vislumbrou uma beleza que superava o pôr do sol. Vitória. Seu poder trouxe vitória na batalha contra os demônios. Os humanos que foram escravizados, espancados e estuprados pelos demônios por tantos séculos estavam um passo mais perto da liberdade sobre seus opressores. Oh, a glória que ele sentiu em tal momento. Inigualável.

A memória trouxe consigo uma epifania. Ele tinha uma responsabilidade para com seu povo. Para liderá-los na batalha, governá-los e protegê-los. Apenas o caos lhe permitiu o direito divino de fazer todos os três. Ele se virou para o copeiro tentando escapar pela porta. Com um borrão de iluminação, ele agarrou o menino com sua magia. Ele não precisava mais murmurar as palavras de um feitiço. Seu poder obedecia a todos os seus pensamentos como extensões etéreas de suas próprias mãos.

"Sim," o rei disse ao desejo interior.

A magia pulsou ao seu redor enquanto ele segurava o menino acima de sua cabeça. Com um giro de seu pulso, ele sentiu o rasgo molhado de osso e carne quando ele arrancou a cabeça do menino de seus ombros. Sangaul inclinou a própria cabeça para trás e deixou o sangue escorrer pela boca aberta. Ele se banhou nele e o caos ao seu redor se alegrou com o esplendor.

Quando ele terminou, o rei Sangaul - com seu estômago cheio do poder imortal dos inocentes - levitou sobre os corpos de seus convidados e flutuou do grande salão.

"Mais," ele disse para o caos rugindo dentro dele.

Oh, como a imortalidade o deixou faminto.

Se eu tivesse uma cabeça, ela rolaria na mudança abrupta de tempo e lugar. Em vez disso, fico olhando para o nada - perplexo e com medo. Que tipo de monstro eu vi nascer?

"VOCÊ VÊ A VERDADE AGORA?"

"E-eu. . . Em que século você me levou? Esta não foi a mesma guerra que vi pela última vez."

"NA VERDADE. FOI HÁ MUITOS ANOS.

"Mas o rei. . . Ele se tornou um imortal?

"EMBEBEDAR-SE COM SANGUE DE DEMÔNIO É PODEROSO. BANHAR-SE NO SANGUE DO INOCENTE, MAIS AINDA."

"Então, mesmo depois de séculos, ele ainda pode estar vivo?"

"DE CERTA FORMA, ELE NUNCA VAI MORRER. EMBORA SEU ESTADO DE SER SEJA DECADENTE. PODE-SE DIZER QUE A MORTE NEGADA É A TORTURA MAIS CRUEL."

Eu hesito. A suspeita espreita através de mim enquanto contemplo a escuridão ao redor e a voz onipotente. Poderia este rei ser a entidade deste reino?

"Você é o rei Sangaul?" Eu pergunto.

Um som que poderia ser uma risada faz tremer o abismo com um guincho tão acolhedor quanto o serrar de ossos contra uma lâmina.

"NÃO SOU UM MERO REI IMORTAL."

"Então você deve ser um deus."

"EU NÃO SOU DEUS. OS DEUSES PODEM MORRER, E EU NÃO.

"Como..."

Mais uma vez, estou caindo no escuro.

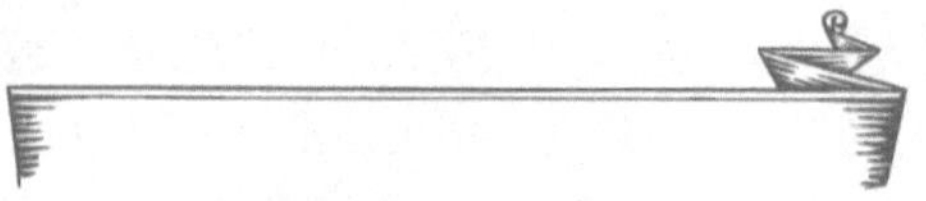

Capítulo Quatro: Santos do Pecado

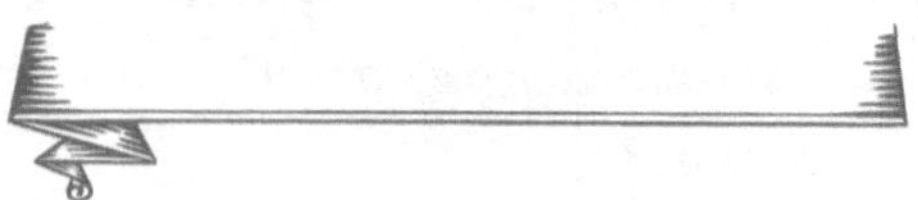

A lua brilhava madura e cheia acima de Elanta enquanto ela caminhava pela noite. Seus pés descalços farfalharam na grama enquanto o poder da lua irradiava em suas costas. Ela seguiu as vozes cantadas de seus companheiros santos. As árvores se abriram para uma clareira onde ela as encontrou à frente sob o luar, seus mantos escuros envolvendo o sacrifício diante deles.

A lua estava no zênite; as estrelas estavam alinhadas; a hora estava próxima. O ritual, porém, aguardava a chegada de Elanta. Ela brincou com a adaga em sua bainha enquanto parava para beber no momento. Suas mãos cheias de cicatrizes percorriam o comprimento da elaborada lâmina — a lâmina para acabar com a vida de uma deusa.

Elanta sentiu o olhar da lua caindo sobre ela. *Você tem certeza?* parecia perguntar. *Não haverá como voltar depois desta noite.* Ela se virou para a lua, Luvidia, a silenciosa sentinela da noite. A segunda lua de Alyiria, Hyber, propositadamente ausente. O irmão mais novo de Luvidia não iria salvá-la esta noite.

"Tem que ser feito", disse Elanta. No entanto, ela não se moveu em direção aos santos.

A hesitação subiu em sua consciência como destroços no mar tempestuoso de sua determinação. Ela não podia negar seu amor pela dama lua, sua única companhia durante a adolescência. Os anos solitários que ela passou buscando ganhar mais com sua magia do que servir a um rei. A lua não julgou ou condenou suas aspirações. Elanta certa vez fez uma promessa à lua. Em uma das muitas noites em que praticava sua magia sozinha. Ela jurou refazer o mundo.

Ela tocou com o medalhão em volta do pescoço e xingou. "Ah, destino, como você zomba de mim." Pois o ser no qual ela prometeu agora deve ser destruído para manter seus votos.

Elanta cerrou os punhos em torno da adaga. As cicatrizes em suas mãos se destacavam contra a pressão dos nós dos dedos. As cicatrizes eram sua devoção - prova de sua dedicação para alterar para sempre o destino de Alyiria. Ela tinha ido longe demais para voltar agora. E também seus santos.

A chegada dos Emissários, a Guerra de Sydosium - tudo uma distração, um véu sobre os olhos dos líderes mundiais. Enquanto as guerras continuavam, o Culto do Pecado se preparava na escuridão das sombras dos reis. Custou-lhes muito. Ano após ano, os santos enlouqueciam com as escrituras proibidas. Mas depois de séculos de divagações insanas, um veio para entregar as respostas.

Ela olhou para a figura à distância. Ela nunca viu seu rosto, mas sua presença lhe deu força. Com um aceno de cabeça em sua direção, ela prometeu deixá-lo orgulhoso. Afinal, ela era uma Santa, parente dos sete originais da abençoada Carella. Era seu dever sagrado defender o legado de Carella.

Elanta suspirou e sorriu para a brilhante face cheia da lua, despedindo-se dela antes de se virar para separar o círculo de capas negras. O centro do círculo revelou uma mulher amarrada a uma estaca. Seu corpo nu brilhava com luz etérea, combinando com a luminescência da lua observando de cima. O sacrifício tinha a forma de uma mulher aparentemente comum, mas seu poder era evidente no brilho de sua pele.

"Estou impressionada," Elanta disse a Raninn, a figura encapuzada à sua direita. "Prender uma deusa em um recipiente humano não deve ter sido fácil."

Raninn acenou com a mão no ar. "As escrituras não mentem." Ele olhou para a lâmina em suas mãos. "Algo que eu não poderia dizer por você e sua parte. Sempre tão reservada. . . . Mas espero que esteja tudo feito, afinal.

"De fato. A lâmina trará a morte das divindades."

"Então não nos demoremos."

Elanta assentiu e avançou. A deusa amarrada à estaca não se encolheu ou puxou contra suas restrições. Ela manteve-se imponente e orgulhosa com as mãos amarradas atrás das costas. Seu cabelo louro-claro caía sobre seus ombros nus, enquanto seus olhos continham um poder tão inevitável quanto a presença da lua vigilante acima.

"Seu humano fatal," começou a deusa, Luvídia, sua voz um carrilhão de vento em uma noite tranquila. "Você não sabe das consequências."

"Sabemos muito e mais. A Mãe das Trevas implora por seu retorno."

A deusa piscou longa e fortemente. Quando ela abriu os olhos, a aceitação fria olhou para fora de suas íris brilhantes. "O retorno da Escuridão seria o fim de toda Alyiria."

"Não o fim, um novo começo. A Escuridão reinou aqui primeiro. Estamos apenas entregando a Mãe das Trevas ao seu domínio legítimo." Elanta extraiu a lâmina de sua bainha. "Mas chega de conversa. É hora de começar o ritual.

Luvidia olhou para frente, sem medo, e não falou mais nada. Com o luar brilhando na adaga, Elanta passou a lâmina pelo rosto da deusa. A orgulhosa deusa não vacilou quando o vermelho correu e derramou por seu rosto. Elanta estendeu a mão para resgatar a força vital que escapava. Correu quente e escorregadio em seus dedos. Uma iridescência diáfana infundia o sangue como o brilho do arco-íris das penas negras de um corvo.

O sangue de uma deusa. Elanta passou o icor no rosto, depois baixou a mão para pegar mais. Os santos ao seu redor começaram seu encantamento enquanto ela desabotoava sua capa e a deixava cair na grama. Ela ficou nua, exceto pelo medalhão em volta do pescoço. Ela cortou o peito de Luvidia e espalhou o sangue em seu próprio corpo. Uma vez vestida com o sangue da deusa, Elanta recuou e entregou a adaga para Raninn, que cortou Luvidia na garganta.

Um após o outro, os santos se despiram e cortaram a carne mortal de seu sacrifício. As vozes dos Cavaleiros encharcados de sangue se juntaram ao canto de Elanta enquanto eles mergulhavam a adaga repetidamente na carne brilhante de Luvidia. Cada Cavaleiro esfregou o sangue escorregadio em seus rostos e provou os sucos mortais da deusa. No entanto, a deusa permaneceu viva, mesmo com o sangue escorrendo. Suas mãos rasgaram seu intestino para arrancar suas entranhas e se vestir com seus órgãos. Um santo envolveu os intestinos de Luvidia em volta do pescoço como um lenço. Outro abriu um buraco em seu fígado e enfiou o punho no centro para usá-lo como pulseira.

O rasgar da carne e a inclinação dos tendões juntaram-se ao coro de cânticos. Elanta fechou os olhos para se deliciar com a vibração do ar ao seu redor. Ela sentiu seus irmãos cobertos de sangue entrarem no círculo e apontarem suas vozes para a lua.

Uma euforia nublou o espaço ao redor deles. As vozes dos santos ficaram mais altas quando seus corpos nus se misturaram e eles balançaram e se contorceram ao ritmo de seus cânticos. Elanta provou o sabor férreo e terroso do sangue enquanto ofegava e gritava no mesmo ritmo de seus malditos santos. Naquele momento, ela sentiu que eles eram uma única entidade com o poder combinado de invocar seu verdadeiro mestre.

Elanta sentiu seus ossos torcerem. Uma mistura de dor e euforia a derrubou no chão com um grito primitivo. Uma força se moveu sob sua pele e implorou para ser libertada. O canto rugiu mais alto, e a elevação de suas almas alcançou cada vez mais a face da lua cheia. Elanta sentiu seu corpo rasgar, sua casca mortal incapaz de conter o poder que pulsava no mundo ao seu redor. Ela se elevou acima do círculo, mas seus pés permaneceram plantados na grama. Ela se tornou . . . mais. Uma efígie imponente para conduzir o ritual abaixo dela.

O último Cavaleiro a se cobrir com o sangue de Luvidia se curvou e ofereceu a lâmina. O corpo de Elanta tremeu com o excesso de poder. Ela agarrou a lâmina em seu punho e se elevou acima do corpo destruído de Luvidia. A deusa continuou a olhar com seus olhos brilhantes, mas o brilho estava diminuindo. Suas pálpebras pesadas transformaram suas íris de lua cheia em meias-luas. Com suas entranhas arrancadas, ela não tinha estrutura para ficar de pé. Suas costas se curvaram para longe da estaca. Seus olhos entreabertos olharam para a nova forma de Elanta pairando sobre ela.

Elanta olhou para Raninn. Ela podia ver seu corpo escorregadio de sangue tremendo de antecipação. *Adeus, donzela brilhante da noite.* Com sua oração final, Elanta esculpiu a adaga na cavidade ocular da deusa para cortar as janelas de sua alma.

Um, dois, seus globos oculares saíram ao som do canto rítmico ganhando velocidade. Elanta entregou um dos olhos para Raninn. Juntos, eles os colocaram em suas bocas e mastigaram.

A lua acima se despedaçou.

Elanta bateu de volta em seu corpo humano. O chão tremeu com uma explosão violenta como se o planeta lamentasse a morte de sua irmã. O canto cessou e os santos caíram no chão. Seus peitos arfavam de exaustão enquanto olhavam para a lua profanada.

Sua missão agora estava completa, mas seu trabalho estava longe de terminar.

No momento em que o planeta trêmulo se acalmou e o sabor salgado do globo ocular esquerdo da deusa desapareceu da língua de Elanta, ela havia recuperado muito de sua força. Mas a vulnerabilidade de sua concha mortal esvaziada parecia degradante. Ela havia provado o que era ser um deus. . . apenas para perdê-lo em seguida.

Ela olhou para a figura sombria à distância. Ela mal podia vê-lo através da escuridão, mas pensou ter percebido o menor aceno em sua direção. Elanta sorriu, arrancou o medalhão do pescoço e colocou-o na grama. Com sua lâmina, ela arranhou uma das sete faces estampadas no metal ao redor da estrela negra no centro.

Um deus se foi. Mais seis até que a escuridão reinasse mais uma vez.

"**É** verdade. *Deuses podem ser mortos!*" eu digo, quase ofegante com a chicotada de voltar para a escuridão.

"DEUSES NÃO SÃO NADA ALÉM DE HUMANOS PODEROSOS . . . FRÁGEIS, CORRUPTÍVEIS."

Ainda não sei a minha identidade, mas talvez não seja um desses humanos corruptíveis. Talvez eu seja mais. "Esses humanos. . . eles são governados por suas emoções. Guerras desnecessárias, o assassinato de deuses, talvez não sejam os humanos que devam supervisionar o destino de Alyiria."

"QUEM MAIS?"

"E-eu não sei. . . . E os outros seres? As criaturas da noite? (E que tipo de ser eu sou?)

"OS MONSTROS TÊM SUAS FALHAS, POIS QUALQUER UM QUE JÁ FOI HUMANO AINDA SERÁ REGIDO POR PECADOS HUMANOS."

A essa altura, eu deveria estar acostumada com o mundo terreno correndo e me engolindo em outro tempo e lugar. Mas não estou.

Capítulo Cinco: Doce Lilly

O doce, doce aroma de sangue fresco deixou Clavinoir em êxtase - o sabor ainda quente e açucarado em sua língua. Ele saboreou-o, deixando os restos rolarem nas ondas úmidas de sua boca. Oh... e os gritos. Os gritos foram silenciados como o barulho de uma porta se fechando após a saída de um amante. Clavinoir estava nas profundezas de seu retiro assombrado, aquecendo-se no miasma do ar tingido de sangue e na memória evanescente dos gritos de morte de sua vítima.

Por favor . . . Eu farei qualquer coisa. . . .

Ela implorava. Embora ele não precisasse respirar, ele soltou a respiração segurando o gosto dela. Um último suspiro satisfeito liberou os tremores finais de seu corpo e ele começou a finalizá-la.

Incapaz de manter a música dentro dele, ele cantarolava enquanto se inclinava sobre o cadáver recente acorrentado à sua cama. Clavinoir passou um longo dedo em forma de foice por sua bochecha ainda quente e afastou uma mecha de seu cabelo loiro. Ela era uma mulher clara, apenas no outro lado da juventude - um pouco mais velha do que Clavinoir preferia - mas ela tinha um grito tão penetrante, e ela implorou. Oh, como ele adorava quando eles imploravam.

A luz da tocha da masmorra refletiu na pele pálida da mulher nua. Feridas abertas de cortes lentos de adaga salpicavam seu corpo, embora nenhum sangue pingasse dos cortes. Depois da língua de Clavinoir, restavam apenas manchas vermelhas. Ele destrancou as quatro algemas em cada canto da cama de dossel e cantarolou sua música: uma canção de sua autoria, alegre e sombria ao mesmo tempo.

Ele carregou a casca nua de seu brinquedo escada acima. A alimentação fresca revigorou seu corpo velho e cansado, e sua estrutura esguia tornou-se ágil e musculosa. O peso do cadáver em seus braços diminuiu até parecer que ela pesava tanto quanto um travesseiro de penas da cama em que foi arrancada. Ele atravessou a escada em espiral da masmorra até o grande salão do castelo e saiu pela porta e atravessou o cemitério.

A lua cheia iluminou os restos despedaçados da lua irmã profanada e lançou luz sobre o cemitério repleto de sebes tortas e mausoléus em ruínas. Epitáfios gravados na pedra falavam de ancestrais há muito esquecidos, cujos fantasmas ainda vagavam pelos salões do castelo. Clavinoir havia se acostumado tanto com eles que seus ouvidos não ouviam nem notavam sua presença lamurienta, assim como um marinheiro esquece o balanço de um navio.

Ele caminhou com pernas fortes passando pelo cemitério e descendo a colina até o poço abandonado. Com um encolher de ombros, ele jogou a casca de sua refeição no poço seco. O baque suave de seu corpo enviou uma nuvem de odor podre de baixo para cima quando ela se juntou aos ossos festivos de todas as jovens que vieram antes. Logo Clavinoir precisaria de um novo método de descarte, mas naquela noite o cheiro de podridão e o zumbido das moscas não o incomodavam.

Com os gritos de sua refeição rolando dentro de sua mente, ele flutuou pelo cemitério com pés ágeis. Ocupado pela alegria juvenil de seu banquete, ele quase perdeu o cheiro de um recém-chegado. O cheiro de oportunidade flutuou pelo ar da noite e passou pela velha dilapidação do cemitério para formigar os sentidos de Clavinoir. Ele largou a música que cantarolava e parou para inalar profundamente.

Ele cheirou uma jovem mulher, que recentemente derramou sangue. Talvez ela tenha se machucado. Com um sorriso, ele se esgueirou pelas lápides e se juntou às sombras enquanto se aproximava da entrada de seu castelo em ruínas. A excitação vertiginosa vibrou por seus ossos. Poderia ser? Uma refeição perfeita entregue à sua porta?

Da escuridão envolta, ele espiou, e ali, com os nós dos dedos trêmulos segurando sua capa e a angústia beliscando sua testa, ela estava empoleirada na soleira de sua porta, um presente do destino às cegas. A sede tomou conta da garganta de Clavinoir, enquanto um desejo ardente queimava suas entranhas, ele a observava das sombras. Ele já podia ouvi-la gritando enquanto imaginava seu corpo nu algemado em sua sala de banquete. O desejo o impeliu para frente. Ele lambeu os lábios, pronto para atacar. No entanto, cem anos de prática o ensinaram a ter paciência. Ele emergiu das sombras tão silencioso quanto um suspiro antes de um suicídio.

"Posso ajudar?" ele perguntou.

A jovem girou e apertou o peito como se quisesse impedir que seu coração saltasse e caísse nos degraus de pedra. "Caro senhor! Você me deu um susto.

"Minhas mais profundas desculpas, jovem mademoiselle."

Ele deu um passo à frente e deixou que a lua estilhaçada lançasse sua luz fragmentada em suas feições: pele pálida como osso; lábios manchados de vermelho com o sangue de sua vítima; olhos tão lustrosos que eram assustadores em vez de bonitos; e seu sorriso - o sorriso de um vampiro que assombra os livros de histórias infantis, e plantam sementes de medo insidioso que germinam na idade adulta, tão maduras para serem colhidas assim como a moça de olhos arregalados em sua porta.

No entanto, ela não se intimidou. Seus olhos incharam como um magistrado na confissão de um assassino. Não é surpresa. Não é medo. Que essência de curiosidade se contorcia sob seus olhos verdes? Por que ela negava a ele a saborosa satisfação de seu medo?

"Peço desculpas, bom senhor. Mas estou indisposta aqui sozinha nesta parte desconhecida do país. Ela olhou para ele e não se encolheu. Sua voz não trouxe um único tremor quando ela fixou seu olhar em seus olhos inumanos.

"Minha querida, que circunstância infeliz a trouxe assim?" Ele falava com as maneiras educadas de um conde refinado, mas seu olhar carregava o terror furioso que fazia todas as mulheres gritarem de medo por suas vidas e virtudes.

"Ora, meu velho e confiável cavalo fez sua jornada final. Caiu e quebrou a perna, pobrezinho. Era tudo que eu podia fazer para tirá-lo de sua miséria. . . ." Ela olhou para as próprias mãos, e Clavinoir notou que ela tinha sangue seco nas dobras internas dos nós dos dedos. Sob sua capa, uma mancha escura encharcava seu vestido.

"Um grande infortúnio, de fato!" Rápido como um piscar de olhos, ele estendeu a mão por cima dela e abriu a porta. Ela se inclinou para a frente com um rangido convidativo — um chamado de alerta para todos os que poderiam confundir a escuridão além com um santuário. "Por favor, entre."

Ele a observou avançar para as profundezas, cruzando o limiar em seu domínio, onde ela estaria desesperada para escapar. . . não importa o quão alto ela gritasse. (Oh, a expectativa!) Ela olhou ao redor do interior escuro, deliciosamente inconsciente do que estava por vir. Até os cordeiros guincham antes do abate, embora não saibam nada sobre seu destino - um mecanismo inerente de autopreservação que essa mulher ingênua parecia não ter.

"Minhas desculpas, senhora, parece que a honrosa surpresa de sua chegada me fez esquecer minhas maneiras. Não perguntei o teu nome."

Seus cabelos ruivos escorregaram de seu ombro e expuseram seu pescoço enquanto ela se virava e sorria. Ela pronunciou uma única palavra: *"Lilly."*

Arrebatado - rosto branco como um pergaminho antes da tinta, e mandíbula articulada para ventilar a chama queimando por dentro, que de repente, inexplicavelmente, acariciou sua alma torta. O nome dela, um feitiço falado para atrair seus ouvidos para a escravidão. Nunca tinha ouvido um nome tão doce nem uma voz tão delicada.

"Lilly. Uma beleza que rivaliza com a reputação suculenta da flor." Clavinoir deu um passo à frente, com os pés por conta própria, e deu um beijo lento no alto da mão dela. Ele segurou seu queixo para forçar seus olhos brilhantes a contemplar os dele.

Ela não desviou o olhar, não tremeu ou se sobressaltou. Ela apenas olhava com olhos arregalados e famintos que não traziam nada. "E quem eu teria o prazer de me intrometer esta noite?"

Que feitiço sensual? Uma malandragem. Ele não conseguia desviar o olhar, seu corpo dificilmente era seu. "Clavinoir", ele respondeu. A palpitação pulsante de seu sangue viajando por suas veias despertou a própria essência de seu ser em desejo. Ele olhou para o sangue seco em seu vestido. "Posso lhe oferecer um vestido novo?"

"Você é muito gentil, Sr. Clavinoir. Eu ficaria encantado em tirar essas roupas sujas.

"Minha querida, doce Lilly, siga-me."

Quão fácil? Quão totalmente conveniente? Ele pegou um candelabro e a conduziu até os degraus em espiral. Descendo e descendo, eles foram para o ar frio e úmido, denso com a assombração de almas torturadas.

Seus gritos chegariam para saudar-lhes os ouvidos como um amante que partiu há muito tempo. Agora ela contemplaria os candelabros de ganchos e algemas de ferro, as mesas com deslumbrantes facas afiadas e as pilhas de sapatos e roupas de suas vítimas no canto. Agora ela veria o monstro. Mas Lilly não parou de andar quando entrou na masmorra. Ela não gritou ou lutou por sua vida. Eles nem sempre resistem. Muitos se tornam dóceis, como se sua obediência fosse ganhar sua liberdade. Mas esta. . . ela não tinha medo em seus olhos.

Talvez o choque a atinja em um momento.

Em vez disso, ela vagou mais para dentro, tirou a capa e colocou-a sobre o pé da cama com as algemas presas aos pés da cama. Ela se virou para ele e começou a desabotoar o vestido. Isso não era incomum na experiência de Clavinoir. Ela ofereceria seu corpo na esperança de que ele poupasse sua vida. Ele sorriu. Às vezes, eles tornavam tudo muito fácil. Mas suas mãos não tremeram nos botões ou na renda enquanto ela se despia.

Que pena; ela deve ser uma profissional. Ele preferia suas vítimas jovens, inocentes e inexploradas. Isso criou o maior terror que infundiu seu sangue com um sabor delicioso. Despida na penumbra da masmorra, ela se aproximou dele, o ar frio formigando em sua pele.

"Diga-me, Clavinoir, você já provou uma bruxa?"

Uma bruxa? Uma bruxa! Ah, a prova da luxúria vertiginosa e da necessidade incessante de antes. Mas isso não importava. Ele não era estranho às bruxas: arrogante e tolo como a maioria das mulheres.

"Eu experimentei muitos sabores no meu tempo", disse ele.

"Nenhuma como a minha."

Clavinoir estava farto de seus jogos. "Eu não vou deixar você viver de qualquer maneira." Ele saltou para frente e agarrou sua garganta nua.

"É medo que você deseja?" Ela pressionou sua nudez contra ele. A onda quente de sua pele pedia a dele em troca. Ela olhou em seus olhos. "Ah sim. Medo então. . . ."

O grito que ecoou nas paredes de pedra soou tão estridente, tão denso de horror, que Clavinoir poderia tê-lo sorvido do ar. Ele quase se esqueceu enquanto ela lutava em suas mãos. Ele apertou-a com garras em torno de sua garganta, e seu grito engasgou. Não, ele não poderia ter isso.

Ele a jogou sobre a cama de lençóis de cetim e trancou seus pulsos e tornozelos nos pés da cama. Ela gritou e puxou contra o ferro. Uma bruxa. Uma atriz. Para Clavinoir isso pouco importava, pois mesmo com sua falsidade, seu terror era delicioso. Ele subiu em cima dela e passou uma unha afiada em seu peito. Um filete de sangue se arrastou sobre sua pele macia e pálida. Ele se curvou e correu para pegá-lo com a língua antes que pingasse na cama.

Ó doce deleite! O sabor delicado de sua força vital saturou seus sentidos enquanto se espalhava por seu paladar. Muito cedo, o gosto desapareceu de sua língua, e ele caiu para frente, apoiando-se nas palmas das mãos plantadas em cada lado da cabeça dela. Quando ele olhou para sua deliciosa vítima, ele a encontrou sorrindo - um sorriso faminto e maligno espalhando delírio em seu olhar acalorado. Que mágica? Que desejo desesperado? Não importava, pois as próximas palavras dela quase o fizeram ter um espasmo.

"Por favor," ela implorou. E sua súplica refletia seu próprio desejo. Uma saudade que não deve deixar de ser saciada. "Por favor . . . mais," ela implorou novamente.

Clavinoir, um ser de desejo sanguinário, não era de negá-la.

Sangue e gritos. Implorando, implorando. Oh, o doce desejo por seu icor - e o que é mais, por sua pele e a dele, tudo de uma vez. Ela lutou e ele a segurou, mas quando seus olhos se encontraram, ela sorriu. Ela sorriu tão vorazmente e tão lascivamente que o incentivou - um clímax melhor do que suas miseráveis vítimas do passado. A memória deles e de tudo mais desapareceu em um frenesi inebriante de seu sangue e sua carne faminta, seus gritos e seu sorriso. A indulgência o deixou louco, não mais homem nem animal, mas um ser de necessidade divina.

Um redemoinho vertiginoso o transportou para outro reino, uma escuridão sobrenatural de eternidade e existência infinita.

Clavinoir caiu de volta na realidade de sua câmara de tortura. Ele encontrou seu corpo nu escorregadio com suor e sangue. Quando ele tirou a roupa? Ele sentiu o corpo úmido dela sob o seu e se apoiou no cotovelo para ver se ela ainda estava viva. Cortes marcaram sua carne. Ele ergueu o olhar até encontrá-la olhando para ele com aquele sorriso voraz emoldurado pela chama de seu cabelo ruivo. O sangue escorria de seus lábios. Ele olhou para o peito para encontrar marcas de mordidas pontilhando seu corpo como cidades em um mapa.

Perplexo com o tipo de feitiço que ela lançou sobre ele, ele olhou para ela com admiração silenciosa. Ela fechou os olhos e gemeu enquanto lambia o sangue de seus lábios. O corpo nu de Clavinoir convulsionou em resposta.

"Que feitiço é esse?" ele perguntou, embora pouco se importasse com a resposta. Sua pele permanecia quente e implorando por outra viagem para a eternidade – outra jornada para acessos de raiva de prazer inegável em um estado fora de si mesmo. "Mais uma vez. . . ." Ele implorou.

Quando isso se tornou eu *implorando por* ela?

Ele não pensou mais nisso, pois ela lhe concedeu o prazer, e ele caiu novamente na loucura de êxtase. Ela gritou, e ele gritou ao lado dela. O corpo dela. . . o sangue dela. . . O tempo não existia. . . somente ela. Uma ponta de prazer arrebatador fundiu-se em outra - cada ponta um começo em outra ondulação do abismo que quebra a lua: um estado de luxúria e fome sem fim, pois a continuação de seu ser dependia totalmente dela e somente dela.

Ele piscou em consciência. As tochas haviam se apagado e apenas um conjunto de velas no canto lutava contra o domínio das trevas em toda a câmara. Que noite foi esta? E em que século?

"Oh, minha doce Lilly. . . ." ele gemeu quando as ondas de felicidade diminuíram em outra calmaria.

Seus membros estavam pesados de satisfação, e ainda mais pesados. Um tilintar de correntes acompanhou seu movimento. Quando ele foi acorrentado à cama? Ele mal sabia nem tinha motivos para procurar alarme.

Se ela é uma bruxa, então estou enfeitiçado.

Ele se sentiu mal, mas sabia que não existia nenhuma doença que sua flor não pudesse curar. "Onde está minha doce Lilly?"

Murmúrios sussurrados nas sombras. Seus olhos a procuraram como a escuridão busca o reino da noite.

". . . ainda não, Margroth. Atrevo-me a desfrutar deste? É o nosso primeiro de sua espécie. . . ." Lilly caminhou descalça pela masmorra de pedra. Uma sombra estranha se contorceu no canto.

"Eu desejo ele agora!" Uma voz estranha e doentia emanava da escuridão e se agarrava aos pés de Lilly enquanto ela andava.

"Devagar, Margroth, devagar. É melhor não devorar, mas sugar a força vital."

A voz desesperada da entidade voltou. "Sua alma está pronta para ser alimentada, e eu tenho fome. . . . tenho fome. . . ."

Quem espreitava invisível nas sombras? Era um ser sinistro ou um truque de sua mente? A embriaguez que se dissipava deixou Clavinoir com um véu de saudade cobrindo sua consciência. Ele não conseguiu encontrar nenhuma outra pessoa com quem sua Lilly falasse. A única presença eram as sombras contorcidas da luz das velas da masmorra envolvendo-a.

"Devemos saborear", disse Lilly. "Nós merecemos, afinal."

"Eu devo me alimentar!" A voz etérea ecoou na pedra.

"Você deve se alimentar, mas deixe-me brincar mais uma vez." Lilly olhou para Clavinoir deitado de bruços em suas próprias algemas. Ela sorriu o sorriso demoníaco pelo qual ele se apaixonou. "Ah, ele acordou."

"Minha Lilly, minha flor mortal, volte para mim, minha querida."

Ela caminhou em direção a ele e sorriu com a maneira lamentável como ele se deliciava com sua chegada, como os lábios de uma criança alimentada com colher esperando o próximo gole. Seu corpo nu não apresentava cortes recentes ou contusões. Os lugares onde seus dentes e unhas cortaram sua pele já haviam cicatrizado, mas Clavinoir pensou ter provado o sangue dela em sua memória recente. Mas se isso fosse verdade, por que ele se sentia tão faminto?

"Sinto-me fraco", confessou. "Eu preciso de você."

Lilly passou os dedos pela carne nua dele, dos pés à cabeça. Os arrepios que isso causou em Clavinoir quase o levaram ao orgasmo. Ele gemeu quando ela traçou seus dedos ao redor de seus lábios. Ela deixou a ponta do dedo mergulhar dentro de sua boca. Ele mordeu e sugou seu sangue como se não tivesse provado sangue em séculos. Oh, o sangue dela! Como uma lufada de ar para uma vítima de afogamento. Uma confecção tão perfeita, tão deliciosamente requintada, que o escravizaria para sempre.

Ela retirou a mão.

Não! Eu preciso de mais, mais! "Volte," ele implorou. Ele jurou que foi apenas um momento, uma provocação cruel, mas as velas se apagaram e os deixaram no escuro. Sua voz tremia de desespero enquanto ele implorava: "Mais uma vez, minha doce Lilly! Mais uma vez."

"Mais uma vez," ela concordou, e subiu em cima dele.

Ele poderia ter chorado de alívio ao seu toque. Ele a deixou assumir enquanto deixava a masmorra fria e úmida e cavalgava em ondas de euforia tão prazerosas que esquecia que precisava se alimentar e dormir. Ele não fez nada disso ou possivelmente os dois ao mesmo tempo. Quando a pele dela encontrou a dele, ele viu apenas ela e a euforia do tempo abandonada.

Dorme. Gritos reverberavam pela paisagem dos sonhos. Não eram os gritos de suas vítimas. Havia uma estranha familiaridade no tormento do tom. Poderia ser sua própria voz? Antes que a ideia pudesse se firmar, ele escapou para outra paisagem onírica.

Um mar de vermelho. Ele cavalgava em ondas de sangue e prazer tão intensos e agudos que a sensação era quase dolorosa. Ele se deleitava com o brilho severo, como relâmpagos de felicidade arrebatadora.

Uma reclamação anônima puxou sua consciência e interrompeu sua folia: uma sensação como se ele tivesse esquecido algo de importância vital. O que ele havia esquecido? A paisagem onírica mudou e ele implorou para retornar ao mar de sangue e prazer. Fora da escuridão, uma janela apareceu diante dele. A curiosidade o levou adiante.

Ele olhou pelo vidro para encontrar o cemitério fora de seu castelo. A meia-lua de Hyber olhou para ele. No fundo de seu subconsciente, ele sabia que isso era errado. A única lua intacta deveria estar cheia; ele o vislumbrara apenas uma hora atrás. Quando ele se concentrou na lua, o crescente começou a encolher. Em uma única piscada, diminuiu diante de seus olhos até que nada restasse, exceto por um céu escuro.*Estou sonhando,* ele percebeu.

Deve ser um sonho.

Clavinoir emergiu da borda do tempo para a consciência em Alyiria. Ele piscou, mas suas pálpebras estavam tão pesadas. Foi uma tremenda façanha erguê-los entreabertos. Ele estava deitado na cama que reservava para suas vítimas. Ele não estava mais algemado, mas os lençóis de cetim estavam puxados até o peito e o tecido o pesava. Por que os lençóis pareciam tão pesados? E onde estava sua Lilly?

Ele tentou falar, mas achou a tarefa impossível. Apenas um coaxar seco estalou no fundo de sua garganta e não escapou de seus lábios.*Onde está minha Lilly?*

"Está na hora", disse Lilly de fora de sua visão.

Ó doce salvação! Ela rondava em sua visão completamente vestida. *Não! Onde ela está indo?*

"Vamos festejar." Lilly falou em resposta às suas próprias palavras, mas com uma voz diabólica.

"Você tem sido tão paciente, Margroth," Lilly disse, sua voz voltando ao normal. "Veja, foi melhor assim."

"Melhor ou não, agora é a hora", ela respondeu a si mesma com a voz da maldade emprestada. "Deixe-nos pegá-lo!"

Ele roubou toda a sua força apenas para manter os olhos abertos enquanto observava Lilly conversar consigo mesma e dar um passo à frente. *Sim, sim, venha a mim,* ele implorou, incapaz de trazer som à sua voz. *Deixe-me ter você mais uma vez.*

Lilly levou a mão ao rosto dele. Ele implorou por sua pele, seu sangue, suas coxas entreabertas. Nada mais no mundo chegou perto. Nada mais o levava ao reino do êxtase puro e absoluto. Mas a mão dela não encontrou a pele dele. Seu punho cerrou ao redor do lençol abaixo de seu queixo e rasgou a colcha de cetim com um assobio.

Clavinoir não conseguia entender a visão sob os lençóis: como os ossos de um esqueleto enfiados em um enlatado. Terror. Nojo. Medo ao perceber que olhava para seu próprio corpo emaciado.

O que aconteceu comigo? Seu corpo parecia que ele não se alimentava há anos. *Isso deve ser um sonho.*

A Lilly que não era Lilly riu com uma gargalhada ensurdecedora. Ela agarrou suas bochechas encovadas com ambas as mãos e olhou com olhos prontos para devorar.

Não! Minha doce Lilly. . . .

"Boa noite, meu amante negro." Lilly plantou um beijo de despedida em seus lábios, suas mãos amorosas em cada lado de seu rosto.

Com o reservatório final de sua força, Clavinoir sorriu para ela, esperando acordar de seu pesadelo e voltar para seus braços.

Ela sorriu de volta e quebrou seu pescoço.

Lilly ergueu a casca amassada do homem que uma vez espreitou a noite e o jogou no poço abandonado na beira do cemitério. Ela o ouviu estalar quando ele se juntou a suas vítimas na podridão.

"Que satisfação", aprovou Margroth, a criatura das sombras aos pés de Lilly.

"De fato." Lilly suspirou e se afastou do poço. "Sua alma era muito superior à de um humano."

"O poder." Margroth fez um som de sucção. "Isso nos tornou um."

Lilly abriu caminho pelo cemitério e passou pelo castelo em ruínas enquanto seu parceiro demoníaco a seguia. A lua estilhaçada lançava sua luz sobre o terreno assombrado. Ela suspirou, olhando para ele e lembrou da presença plena do irmão da lua no dia em que ela chegou à porta de Clavinoir. Um ciclo completo da lua se passou enquanto ela sorvia a alma do vampiro. O tempo havia fugido como amantes fugindo na noite.

Talvez o prazer seja um ladrão de tempo, pois leva sem consentimento algum, pensou Lilly.

Ela olhou para a sombra agarrada a seus tornozelos. "O que devemos fazer agora, minha amiga?"

"Vamos procurar outro monstro", respondeu Margroth. "E vamos nos tornar um mais uma vez." Lilly podia ouvir o desejo tremendo do corpo incorpóreo de sombras de Margroth. Ela ansiava por um hospedeiro humano, e Lilly ansiava por provar o poder de suas forças combinadas mais uma vez.

"Talvez o próximo conceda nossa fusão permanente."

"Possivelmente." Margroth cantarolou de alegria.

Lilly olhou para o castelo escuro quando uma leve brisa enviou um arrepio erótico por sua espinha. O fantasma de um sorriso desamparado enfeitou seus lábios.

Ela se virou e caminhou noite adentro. "Vamos seguir nosso caminho," ela disse. "Estou com fome de novo."

"Eu entendo agora", eu digo.
"O QUE VOCÊ ENTENDE?"

"Aquele humano e monstro. . . eles são os mesmos. Suas almas são corruptíveis, fracas, equivocadas."

"VOCÊ ESTÁ PERTO DA VERDADE, PEQUENA ALMA."

"Mas falta alguma coisa. . . ." Posso sentir uma ideia latejando no fundo da minha mente. Como uma reunião importante que esqueci de comparecer. "Há mais. . . ."

"SIM, SIM, FALE A VERDADE E GANHE A SUA LIBERDADE."

Eu hesito. Ainda não sei e, se estiver errado, temo passar a eternidade na escuridão. O vazio negro parece sufocante como se a escuridão estivesse se aproximando cada vez mais com a esperança de me estrangular. "E-eu. . . Estou perdendo o que realmente importa. Algo sobre o assassinato de um deus e o Culto do Pecado me atinge com um toque de familiaridade.

"FALE."

Posso sentir a impaciência da Voz. Ela pesa sobre mim com o peso infinito de seu ser.

"FALE!"

HERDEIRA

Começo a pensar em voz alta, tentando decifrar meus pensamentos. "A-a Deusa da Lua, monstros . . . um culto, uma guerra para esconder a verdade..."

A escuridão me devora mais uma vez.

Capítulo Seis: Visão Lunar

Duas luas cheias adornavam o céu noturno como lanternas nas mãos de sentinelas silenciosas. A luminescência combinada das luas revelou os lobos escondidos na linha das árvores.

Graditor rondava o regimento de lobos de quatro. Suas patas pesadas rasgaram a terra em agitação. Os outros lobos rosnaram e babaram em antecipação. Um grupo excitável, todos eles saqueadores amaldiçoados. Mas não tomassem cuidado, os Almaldiçoados entrariam em frenesi ao sabor de sua fome. Os bandos de Abençoados moravam na aldeia diante deles cercados por um banquete de humanos. O ar úmido sufocava as narinas dos lobos com a tentação de se alimentar em vez de lutar. A guerra chegaria ao fim neste turno, se ao menos Graditor pudesse manter os Alfas e suas matilhas em ordem.

"Nesta noite, os Abençoados conhecerão nossa ira." Graditor falou através da conexão mental que o permite comandar sobre cada lobo que jurou lealdade ao Lorde Demônio. "Nesta noite, os adoradores da lua conhecerão seu verdadeiro lugar."

Sensação de ossos de lobo triturando entre os dentes, pele rasgando e entranhas se espalhando sob as garras passaram pela mente de Graditor enquanto as matilhas lhe enviavam imagens de sua excitação.

"Sim Sim. Eu sinto sua devoção." Ele parou de rondar e olhou para os rostos caninos de seu regimento. Ele encontrou o desejo de justiça semeado no brilho de seus olhos. A fome de vitória escorria de suas mandíbulas. "Mas firme seu propósito. A noite é para os Amaldiçoados - para aqueles que escolhem seu próprio caminho em vez de mamar na teta da deusa escravizadora. Séculos de derramamento de sangue nos mostraram que os Abençoados destruiriam nossa espécie em nome de seu deus. O deus deles que nos chama de abominações."

Seus irmãos lobos rosnaram baixo e gutural. Os pêlos de suas costas se eriçaram em saudação como espadas se erguendo para um general.

Graditor continuou: "Maldito. Enfeitiçado. Abandonado pelo nosso criador. Podemos ser abominações, mas nesta noite, mostraremos a eles exatamente o que seu ódio lhes comprou. Arranquemos o grito de suas gargantas e a oração de seus lábios!"

Dentes estalaram e rosnados baixos tremeram no ar em concordância. Imagens violentas bombardearam a mente de Graditor antes que ele cortasse o link para pensamentos de entrada.

Ele virou a cabeça em direção à aldeia à frente e apontou o focinho para o ar. Em suas formas humanas, os lobos Nascidos da Lua não conseguiam detectar a matilha de Graditor, mas ele podia sentir o cheiro deles.

"Olhe daqui! Os Abençoados adotam suas formas humanas para reabastecer seus números. Eles nos chamam de assassinos pagãos, mas aqui estão eles para roubar as crianças durante a noite. Aqui eles devem seguir todos os caprichos da deusa sem questionar. Se seu mestre os instruísse a devorar cada homem, mulher e criança e devastar a aldeia, eles não hesitariam. Assim como eles não hesitariam em aniquilar os Amaldiçoados."

Ele se virou para o bando ao senti-los ficando impacientes. "Vamos ver se a deusa deles os protegerá esta noite." Uma centena de sorrisos rosnados o saudaram das sombras. Ele se virou para a aldeia e se agachou, pronto para atacar. "Vamos nos banquetear com carne de filhote de lua!"

Graditor correu para a frente. O estrondo de vinte matilhas de lobos rugiu em debandada em seu flanco enquanto eles cruzavam o amplo campo. Mas quando se aproximaram da aldeia, não uivaram nem estalaram as mandíbulas. Eles correram com patas acolchoadas com um propósito silencioso. Graditor sentiu o exército de pensamentos errantes dos lobisomens e imagens brilhantes se afunilando em um único pensamento, um único propósito, no qual eles se uniram.

Sangue seria derramado e inocentes seriam sacrificados, mas no final a noite seria deles.

"O que aconteceu depois?" Pergunto, desapontado por não ter a oportunidade de ver a batalha, ou melhor, o massacre. "Os lobos amaldiçoados tiveram sucesso?"

"NÃO IMPORTA."

Acho melhor não discutir.

"VOCÊ ESTÁ PERTO DO FIM DO TESTE."

Minha confusão sangra em pânico. Por que a Voz me mostrou isso? O que todas essas histórias têm em comum? Atravessei o universo e pulei janelas no mapa do tempo, mas não tenho respostas.

As duas luas estavam inteiras nesta última visão, provando que a guerra dos lobisomens ocorreu antes da morte da Deusa da Lua, antes que o Culto fraturasse a face da lua.

"VOCÊ VÊ AGORA?"

Eu folheio tudo o que vi: um rei tirano manipulado por sua filha malvada, guerra desnecessária transformando homens em mártires, a destruição da ganância transformando um rei em um demônio, o assassinato de deuses, a corrupção de monstros, a guerra entre facções de lobisomens . . .

"Esses seres. . . todos eles, eles não sabem como governar a si mesmos.

Silêncio. Minha alma se encolhe à espreita. Então o estrondo da voz onisciente ecoa na escuridão.

"SIIIIIMM," a Voz sibila. Parece satisfeito.

"Eles estão doentes – doentes de ganância, de ódio. Não há. . . não há esperança para nenhum deles?"

"SÓ HÁ UM."

Capítulo Sete: A Ascensão de Carella

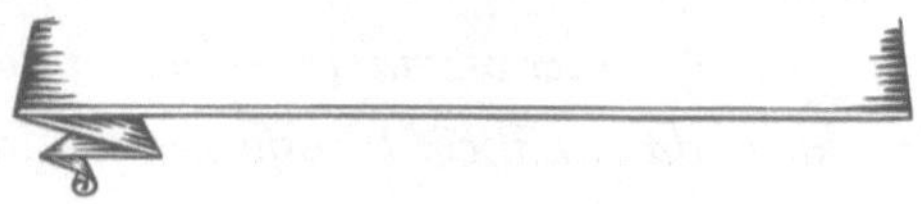

Uma mãe olhava para a criança jogada em seu peito. A recém-nascida, ainda coberta pela violência do nascimento, abriu seus olhos. A criança não podia saber da dor de sua mãe, com olhos turvos, não tinha noção de seu destino, seu poder ou a abominação de sua mera existência. Naquele momento, ela foi um milagre, um acidente improvável para alterar o tecido da realidade de Alyiria.

"Você deveria matá-la", disse a parteira, enxugando as mãos e olhando para mãe e filho.

A mãe não tinha ouvidos para o julgamento brutal da parteira e nenhum poder para seguir seus conselhos. Um feitiço foi lançado sobre a mãe naquele momento. Não o trabalho privado de magia caótica, nem a ingestão de uma poção, mas um feitiço. Um feitiço lançado sobre toda mãe quando encontra pela primeira vez o filho de seu ventre. Um vínculo forjado pelos instintos da natureza, tão forte que quebra as correntes do bom senso e do dever, do certo e do errado. A mãe olhava para o rosto de sua filha enquanto o encantamento tomava conta.

E seria mais fácil ser um cadáver do que tentar romper o vínculo de mãe e filho.

"Sua sobrevivência é um milagre, com certeza. Mas não se engane", disse a parteira. Na maioria dos casos de união humano-demônio, o feto costumava devorar a mãe de dentro para fora.

Lágrimas vazaram dos olhos da mãe humana enquanto ela sorria para sua filha meio demônio. "Ela é diferente de todas as outras."

"Isso é perigoso!"

"*Ela* é perigosa, sim, de fato". A mãe afagou o bebê. Seu ódio anterior pelo parasita devorando seu corpo agora havia se perdido para os instintos da maternidade, como um sopro ao vento.

A recém-nascida não chorou. Em vez disso, ela olhou em volta da cabana escura e seu chão de terra com grandes olhos azuis.

"Por favor, você deve pensar com razão." A parteira olhou para a criança aparentemente humana. "Você não pode deixar isso viver."

Lágrimas de amor e adoração escorriam do rosto da mãe enquanto ela sorria para sua filhinha. "O nome dela é Carella."

Carella olhou para as estrelas. Seus olhos brilhantes de dez anos estavam cheios de curiosidade e uma angustiada esperança. Ela falava com as estrelas com frequência e, se tivesse sorte, o ser além das estrelas responderia.

"Eu tentei de novo hoje." ela disse para o céu noturno – seu Pesadelo: o vasto ser feito de preto com as estrelas como seus olhos. "Mas é difícil. Sinto que não tenho controle da minha magia como você disse que eu teria."

O medo na noite em que descobriu seu Pesadelo havia desaparecido rapidamente com o tempo. Agora a presença dele era seu único consolo em um mundo que a odiava. O imortal sombrio com seus olhos incontáveis, seu único amigo e verdadeiro confidente. Só ele entendia a situação dela. Ele falou sobre o potencial dela para se tornar uma grande feiticeira se ela se aplicasse. Carella passou cada momento vivido determinada a deixá-lo orgulhoso. Mas praticar seu ofício não foi fácil. Ela havia incendiado outra casa naquela mesma tarde.

Ela implorou à noite por uma resposta sobre por que sua magia só destruía. Um longo momento se passou em silêncio. Talvez suas preces ficassem sem resposta esta noite. Então, finalmente, o céu respondeu.

"Paciência," disse o Afótico, Loran, Lucifuge. Carella havia recebido muitos nomes diferentes nas noites em que a curiosidade implorava para que ela descobrisse a identidade de seu mentor. Muitas vezes, ele simplesmente se chamava de Pesadelo.

"Você prometeu que me ajudaria." Ela cruzou os braços e sentou-se duramente na terra.

"Ajudarei."

"Você disse que um dia governaríamos Alyiria juntos. Como vou fazer isso se mal consigo controlar minha magia?

"Minha promessa é verdadeira, mas você deve ser paciente." Afótico fez uma pausa e Carella pôde sentir o peso de sua vasta presença olhando para ela. "Existe um lindo caos inexplorado dentro de você, criança."

"Mas como faço para domá-lo?"

"O caos tem sua própria agenda. Controlá-lo exigirá mais do que força de vontade. Vai exigir dedicação e sacrifício."

"Eu vou fazer isso." Carella engoliu o nó na garganta. "Eu farei qualquer coisa que você disser. Apenas me ajude. . . por favor."

"Você vai se render a mim e jurar me obedecer?"

"É claro."

"Você vai jurar isso?"

"S-sim."

"Você, Carella meio-demônio, filha do caos, promete seu poder e magia para mim por toda a eternidade?"

Embora fosse uma criança, Carella entendia melhor do que ninguém as consequências das decisões. Ela soube naquele momento que essa escolha determinaria o resto de sua vida. Ela pesou a oferta de seu patrocínio contra sua liberdade. A lembrança dos gritos vindos de dentro da casa que ela queimou naquela manhã irrompeu em sua mente. Com os gritos de dor ainda frescos em sua memória, ela decidiu.

"Eu juro", ela disse.

"Por favor. . . ."Carella rezou para seu Pesadelo. Ela não falou em voz alta, pois sabia exatamente o que seu lindo Pesadelo diria.

*"Você é fraca, Carella. Seus poderes ainda estão amarrados por suas patéticas emoções humanas. Corte os laços com sua humanidade e libere seu verdadeiro poder."*Ela falou com a voz do Afótico sua mente como um marionetista jogando os dois lados da discussão.

"Mas . . . ela é minha mãe." Carella soltou um suspiro no silêncio da sala escura.

Dezesseis anos e já com o caos na ponta dos dedos. Mas a magia não parecia adequada para essa tarefa. Suas mãos suadas torceram o travesseiro que seguravam. Sua infância sob a orientação de Afótico a preparou para conquistar o mundo. Mas, como ele prometeu, o destino dela não veio sem sacrifício.

Tudo estava quieto na sala escura, exceto pela discussão em sua cabeça e o farfalhar dos lençóis quebrando o silêncio do ar pesado. *"Minha mãe nunca me fez mal"* Carella disse em seu argumento fingido.

"Você a ama, é isso?"

"E-eu—"

"Ah, minha querida criança, pensei que tínhamos deixado essas coisas para trás. Não há espaço para o amor onde seu destino a levará."

Carella cravou as unhas ainda mais no travesseiro em suas mãos. *"Existe outra maneira?"*

"Você sabe que não há. Você deve provar para mim que pode deixar essas emoções humanas para trás. Faça isso e desbloquearei seu verdadeiro potencial. Vou mostrar a você o que seus poderes podem realmente alcançar."

Lágrimas rolaram por seu rosto, obscurecendo sua visão do quarto escuro, uma pequena câmara comum nas catacumbas onde os humanos se escondiam dos demônios que reinavam na superfície.

"Carella? Ainda está comigo?"

"Sim, Afótico."

"Então me prove sua força. Mate sua fraqueza. Torne-se divina."

O silêncio imóvel da morte ecoou pela câmara. *"Eu já sou."*

Carella afrouxou o aperto no travesseiro e gentilmente o deslizou do rosto do único ocupante na cama sobre a qual ela estava. Um suspiro e um soluço simultâneos atingiram seu peito ao ver o rosto de sua mãe congelado em um grito de boca aberta. Carella permitiu-se sentir o peso de seu crime por três respirações. Então, ela enxugou o rosto e se compôs no papel do deus que ela se tornaria.

"Adeus, mãe," ela disse para a morta, e se virou para saudar seu Pesadelo.

A luz do dia brilhava demais. Os olhos de Carella se acostumaram à luz fraca das velas nas profundezas de seu covil. Ela se perdia em sua magia por dias, consertando o refinamento de um feitiço após o outro. Apenas a fome a forçaria a sair de seus estudos e atravessar os perigos da superfície governada por demônios.

Ela apertou os olhos contra o nublado áspero de nuvens misturadas com fumaça. Não demorou muito para o gosto de cinzas encher sua boca. Os incêndios do deserto nunca cessaram. Cadáveres enchiam as ruas da cidade abandonada, e Carella contornava os mortos com o caos pronto e crepitante na ponta dos dedos.

Um grito atravessou o ar. Carella se virou, feitiços na ponta da língua. Mas nenhuma ameaça demoníaca chegou. Em vez disso, dois homens arrancaram uma criança de bochechas encovadas do refugo de tábuas quebradas.

"NÃO! POR FAVOR NÃO!" A criança gritou quando um dos homens a agarrou pela cintura. Os gritos estridentes da garota se transformaram em um choro penoso quando uma mão cobriu sua boca e eles a arrastaram pelos restos da rua dizimada.

A criança não devia ter mais de seis anos. Contra seu melhor julgamento, Carella o seguiu, mantendo-se nas sombras. Os dois homens com barbas e cicatrizes chegaram a uma carroça puxada por um único cavalo doente. As barras de metal da carroça prendiam um punhado de crianças machucadas e famintas. Os captores jogaram a garota que lutava e trancaram a porta.

Carella saiu das sombras. "Qual o sentido disso?"

Os homens arrancaram as espadas de suas bainhas, mas o alívio relaxou suas posturas ao ver a mulher aparentemente humana diante deles.

"O que você está fazendo com essas crianças?" Carella exigiu.

"Recrutamento." O maior dos dois homens deu um passo à frente com fome em seus olhos.

Carella lançou uma pequena explosão de magia nele. A bola carmesim de luz o derrubou no chão e fez sua espada cair de suas mãos.

"Bruxa!" O segundo homem cego do olho esquerdo recuou. Carella o encarou até que ele abaixou a espada. "Você não o matou, não é?" ele perguntou, olhando para seu amigo esparramado na terra.

"Não. Mas eu poderia acabar com suas vidas em um piscar de olhos. Agora me diga, o que você realmente está fazendo com essas crianças?"

"Nós-nós dissemos a você, recrutamento."

"Você espera que eu acredite que você está recrutando crianças para a guerra? De que serve uma criança de seis anos no campo de batalha?"

"Os demônios, eles vão atrás dos inocentes primeiro. . . ."

"Você os usa como isca então, é isso?"

Ele estudou Carella por um momento, seu único olho bom movendo-se temerosamente para frente e para trás do rosto dela para as mãos estendidas. Sem dúvida, ele só podia imaginar que tipo de carnificina ela poderia desencadear.

"Vou ser honesto com você, bruxa, é uma coisa horrível que estamos fazendo aqui. Os pequeninos, eles merecem viver. Eles merecem mães, lares e barrigas cheias, mas esse não é o tipo de mundo em que vivemos. . .". Ele apontou para a carroça e balançou a cabeça, incapaz de olhar para eles. "Eles verão uma morte rápida no campo de batalha. Aqui fora, eles se tornarão apenas brinquedos para os demônios torturarem, estuprarem e fazerem o que quiserem.

"E os Exarcas? Eles deveriam virar a maré da guerra a nosso favor."

"Os Exarcas? Mulher, onde você esteve? Os exarcas estão falhando contra os demônios. Nós, humanos, somos massacrados em um ritmo diferente do que já vimos. Perderemos esta guerra e os humanos serão varridos da face de Alyiria a menos que encontremos novos campeões."

Carella baixou as mãos e olhou para as expressões vazias das crianças na carroça. Apenas o mais novo recruta continuou a chorar. Os outros pareciam resignados com seu destino.

"Você deveria vir conosco," disse o homem.

"Por que?"

"Você é uma bruxa. Nós precisamos da sua ajuda. Imagine o dano que você poderia causar no campo de batalha."

Carella zombou. "Você seria um tolo se pensasse que pode me recrutar."

Ele recuou e pegou seu companheiro, que agora estava começando a se mexer. "Se você mudar de ideia-"

"Não. Eu não vou com você."

O homem meio cego assentiu brevemente e arrastou seu parceiro. "Justo. Você não vai nos impedir de sair? Quando Carella não fez nenhum movimento para protestar, os dois homens viraram as costas e caminharam ao lado da carroça enquanto o cavalo magro empurrava as crianças para longe.

"Por favor! Eu não quero m-morrer! a garotinha implorou, estendendo a mão entre as grades em busca de liberdade, misericórdia, esperança, qualquer coisa.

Carella poderia tê-los parado com um movimento do pulso. O feitiço estava em sua mente, pronto para ser proferido. Mas os infelizes estavam certos. Libertar as crianças apenas garantiria uma morte mais terrível nas mãos dos demônios ou saqueadores. Do que importava um punhado de crianças sem esperança?

Os recrutadores lançaram olhares cautelosos por cima dos ombros enquanto avançavam. As crianças olhavam vagamente para o chão, exceto a menina de seis anos que nunca afastou seus olhos suplicantes e cheios de lágrimas de Carella. Com o rosto emoldurado pelas mãozinhas segurando as barras de metal e o queixo tremendo com os soluços, Carella não conseguia desviar o olhar. Não até que a carroça desaparecesse de vista.

Ela se sentou em um conjunto de degraus carbonizados e observou a carroça desaparecer na distância. Ela ficou sentada olhando e contemplando até que a noite caiu ao seu redor. Após a morte de sua mãe, Carella raramente falava com seu Pesadelo. Não por ódio ou desconfiança, mas por respeito. Ele disse que ela precisava superar sua fraqueza humana e aceitar sua herança demoníaca. Ele a instruiu pela última vez a voltar para ele assim que encontrasse a vontade de alcançar seu destino. Um teste de paciência e autodisciplina. Conquistar sua fraqueza humana e auto-aversão demoníaca levaria muitos anos, mas ela precisava falar com ele esta noite.

As horas se passaram enquanto Carella implorava ao céu noturno. O silêncio a cumprimentou enquanto ela murmurava para si mesma e tremia de frio. Gritos e lamentos de tormento ecoavam à distância. Era o som da noite na superfície do mundo. Um que logo veria os humanos erradicados.

Assim como ela estava certa de que o Afótico não responderia às suas orações, um sussurro disse: "Eu não deixei você, Carella. Eu vi tudo.

"Então você pode ver o sofrimento e a turbulência do mundo à beira da destruição."

"É como sempre foi. Os humanos lutam enquanto os demônios governam e esmagam as pequenas insurreições uma após a outra. É um ciclo interminável de hordas de demônios apagando o fogo da resistência."

"E você não faz nada para impedir isso?"

"Eu sei e vejo tudo, mas não coloco as mãos em suas ninharias terrenas."

"Então você sabe que desejo sua ajuda. EU . . . Desejo encerrar o ciclo. . . . Desejo derrotar os demônios, todos eles. Eu quero livrar Alyiria de sua ira."

"Um pedido estranho. Você também não é meio demônio, minha criança?"

"Minha herança não dita minha decisão. Por favor, existe uma maneira de limpar para sempre os demônios da face de Alyiria?"

"Existe apenas um caminho para alcançar o seu desejo."

"Eu imploro que você fale. Farei o que for preciso.

"Os demônios são a prole distorcida da Mãe das Trevas. Sua presença contaminou o mundo desde o início da existência. Exile-a de Alyiria e seus demônios deixarão de existir."

"Ser Afótico, apenas *você* tem o poder de derrotar a Mãe das Trevas."

"Só eu não me intrometo nos romances da Escuridão. Mas talvez você e eu juntos possamos bolar um esquema. . . . Ah sim. Eu entendo agora. . . . Mas isso exigirá um sacrifício.

Carella pensou em sua mãe e na imagem medonha de seu rosto congelado em seu último suspiro. Ela já havia sacrificado tudo o que tinha, tudo o que importava. Qualquer outro sacrifício pouco importava. Ela já havia começado o caminho. Afastar-se agora seria deixar tudo o que ela deixou morrer em vão.

"O que você precisa? Fale e sacrificarei tudo por você, meu brutal Pesadelo. Sou fiel ao voto que fiz. Tudo o que tenho eu dou a você."

"Guerra. Escravidão. Estupro. Caos." Carella olhou ao redor do círculo de seus sete discípulos.

As pessoas os chamavam de "santos" depois de suas vitórias nas batalhas contra os demônios. Sob a tutela de Carella, os sete humanos se tornaram os seres mais poderosos de toda Alyiria. Seu poder rivalizava apenas com sua professora e sua lealdade a ela. Mas as escaramuças contra os demônios eram apenas uma ferramenta para aprimorar os talentos de seus discípulos. Seu verdadeiro plano se concretizaria neste dia.

"A raça demoníaca trouxe ruína e destruição ao nosso planeta abençoado." Carella, endurecida pela batalha após anos de derramamento de sangue, continuou: "Sob a ira deles, chegamos a um sopro de perdição".

Ela olhou em volta para cada um de seus rostos. Orgulhoso. Leal. Determinado. Eles não pareciam nada como no dia em que ela os havia coletado. Anos de prática nas profundezas de sua escola transformaram seus talentos brutos em armas mortais. Satisfação coloriu sua voz enquanto ela falava.

"Uma vez jurei ensinar feitiços a vocês. Agora eu juro fazer de vocês deuses." A escuridão de seu covil estava repleta de antecipação. Ela podia sentir a emoção irradiando de seus sete santos circulados em torno do heptagrama desenhado no chão de pedra.

"Neste exato momento, os Exarcas marcham sobre a capital onde permanece a presença da Mãe das Trevas. Os heróis estão destinados a falhar, para que não façamos nosso sacrifício."

Carella virou-se para o corpo monstruoso do demônio balançando a seus pés atrás dela. Sete das criaturas pútridas penduradas nas vigas no coração da escola secreta de Carella. Castrados e silenciados, mas ainda vivos, seus corpos maciços e irregulares lotavam a vasta sala, enchendo o ar com o fedor de podridão. O ódio e a magia de Carella amarraram os demônios em submissão. Ela sorriu ao ver sua rendição impotente.

Anos e anos de preparação levaram a este momento. Desde o momento em que implorou a seu Pesadelo por uma resposta, ela não desejava mais nada.

Ela não esperaria mais.

Carella brandiu a espada forjada do caos e saciada no sangue dado por seus santos. Com um único golpe, ela cortou a espessa pele blindada do demônio para cortar sua garganta. Sangue negro espirrou em seu rosto e ela correu para pegar a força vital da criatura em seu cálice. Os sete Cavaleiros seguiram o exemplo, e as gargantas das monstruosidades penduradas ao redor deles se abriram a pedido de suas lâminas e vomitaram poder e promessa.

Os demônios continuaram a sangrar, mesmo quando seus cálices estavam cheios até a borda. Sua vitalidade escorria de suas gargantas até que as veias de suas artérias secassem, e eles permaneciam imóveis e sem vida como pedaços mutilados de casulos vazios.

Carella se deleitou com a morte deles antes de se voltar para seus discípulos e erguer seu cálice cheio. "Depois desta noite, a Escuridão será banida, a fonte dos poderes dos demônios será exilada para outro reino e Alyiria pertencerá novamente aos humanos! Mas a derrota não vem sem sacrifício, e sacrificaremos, pois esta noite todos vocês se tornarão… *Deuses!*"

Seus santos leais comemoraram. Carella levou o cálice aos lábios e seus santos seguiram o exemplo. Juntos, eles absorveram o sangue do demônio. A lama espessa descia pela garganta de Carella e pingava de seu queixo. Tinha gosto de esgoto e ódio, mas alimentava o poder dentro dela. Ela podia sentir sua magia mexer e se empanturrar do sangue do demônio.

Uma vez que ela esvaziou sua taça, ela engasgou e olhou ao redor para os rostos de seus sete discípulos. A pele deles brilhava com o poder que emanava de dentro. Eram quase deuses, todos eles. Logo eles se tornariam verdadeiras divindades. E logo, eles morreriam em sacrifício por Alyiria. O ritual exigia as almas de sete deuses, então sete deuses Carella criou.

"Comecemos."

HERDEIRA

Carella jogou o copo fora e raspou um punhado de sangue de demônio do chão. Ela abriu o livro e começou o feitiço. Sua voz ergueu-se assustadora e poderosa sobre os santos. Seus olhos reviraram quando ela sentiu o poderoso caos retumbando através dela. Se ela não tomasse cuidado, poderia se perder na felicidade do poder. No entanto, décadas de prática lhe ensinaram paciência e disciplina, e ela permaneceu fiel ao seu propósito. Ela continuou cantando seus encantamentos enquanto se ajoelhava no heptagrama desenhado a seus pés. Com a lama negra de sangue de demônio, ela desenhou seu sigilo em um heptagrama e pronunciou a maldição final.

O chão começou a tremer quando a realidade se desfez com a chegada de Afótico. Sua matéria escura se infiltrou pelo buraco que Carella abriu no tecido da realidade. Os corpos dos demônios e a caverna de sua escola subterrânea derreteram. Apenas Carella e os santos permaneceram no vazio da escuridão cercados por estrelas.

Carella deu as boas-vindas à sua chegada como um amante há muito falecido. *Meu abençoado Pesadelo!* Pela primeira vez, ela poderia *sentir* a presença de seu mestre e ela permaneceu suspensa em uma admiração arrebatadora. Sua imensidão preencheu as partes quebradas de sua alma, e ela percebeu que nunca havia amado outro tanto quanto amava seu querido Pesadelo.

Gritos a arrancaram da adorável revelação. Ela abriu os olhos para encontrar seus santos gritando e segurando suas cabeças. O sangue escorria de seus olhos enquanto eles imploravam por misericórdia.

"O que está acontecendo?"

A resposta de Afótico veio em uma voz ensurdecedora que ameaçou quebrar o interior de sua cabeça. "Eles devem suportar o conhecimento proibido."

Ela observou seus devotos discípulos caindo na loucura. Um arrancou seus olhos enquanto outro se curvou para trás como se possuído por tal mal que poderia quebrar sua espinha ao meio.

"Suas mentes não podem resistir—"

A cabeça de Carella de repente encharcou-se com conhecimento, como se um universo tivesse surgido dentro de seu crânio. Era demais, vasto demais, poderoso demais. A experiência invasora ameaçou dividi-la ao meio como uma fruta madura. Ela agarrou sua magia, sua única arma na batalha contra a loucura. Ela se manteve unida com o caos, lutando contra o caos. A história do universo se derramou em sua consciência, e ela sentiu cada ano, cada éon da eternidade como se ela mesma os tivesse vivido:

No começo não havia nada. Espaço preto e vazio. Sem tempo, sem pensamento, mas uma oportunidade. . . oportunidade para um potencial hediondo. E disso, houve dois - dois que não nasceram nem jamais morrerão. Os Primordiais existiram como sempre existiram, fora das leis da natureza, pois a natureza ainda não havia sido pensada. Não havia sido explorado, imaginado ou criado até que as duas forças da eternidade se contorceram e se transformaram, expandindo-se em possibilidades. E de seu magnetismo de dualidade, a criação foi sonhada – não, não eram sonhos, mas pesadelos! Universos, planetas, deuses - todos foram lançados do reino incorpóreo do pensamento para o plano brutal da existência física.

Mas o que era isso? Um planeta - um acidente acidentado de rochas salientes e ondas destrutivas. Alyiria, como ficaria conhecido.

Explodiu em potencial, potencial silenciosamente cobiçado pelos pesadelos. Deuses simples surgiram e acreditaram que Alyiria pertencia a eles; as divindades tolas rasparam e esculpiram seu minúsculo panteão com uma presunção ingênua, como uma criança que acredita que o mundo foi construído apenas para ela. Mas as forças acima deles eram muito maiores do que suas mentes mesquinhas poderiam conceber.

"PARE!" Carella implorou. Se os deuses não podiam compreender esse conhecimento, que esperança ela tinha? Ela podia sentir sua mente se dividindo. Fraturas percorriam sua alma, ameaçando destruir sua sanidade. Ainda assim, as eras se arrastaram, vidas sem fim concentradas em meros segundos.

Outro conjunto de pesadelos, mas dois para rivalizar com o poder de seus criadores. Um, a matéria escura que envolve as estrelas, uma força silenciosa - ele seria chamado de "O Afótico". O outro, a extensão gritante do nada. Do ventre cognitivo desse vazio, a consciência e o desejo nasceram "A Mãe Sombria", como muitos viriam a chamá-la. Este pesadelo vislumbrou o precioso potencial de Alyiria. Como uma mãe pássaro alimentando-se de sua própria prole, a Escuridão sorveu a força vital da criação - do planeta de Alyiria. E para isso, ela criou, distorceu e torceu até ter sua própria criação: demônios.

"Por favor não mais!" Carella implorou ao fluxo do tempo para parar. Ela estava determinada a suportar o teste, mas a loucura residia do outro lado de outro momento.

"Você deve aprender a verdade!" Afótico disse sem piedade.

Ela manteve sua sanidade como um ovo esmagado, a gema vazando pelas rachaduras e pingando entre seus dedos. Seus santos sucumbiram à loucura. Ela podia ouvir seus lamentos enquanto enfiavam facas em seus ouvidos e mordiam sua própria carne.

"Por favor, faça isso parar!"

"Vou terminar o teste com uma verdade final. Resista e o mundo será nosso. Você se rende a mim, Carella?

Carella foi levada de volta à sua infância, a noite em que ela se prometeu ao seu Pesadelo. A problemática garota de dez anos falando para o céu noturno com uma escolha pesada diante dela. Ela agora sentia o peso de sua escolha mais uma vez. O que mais ela poderia dar a ele? Sua sanidade era tudo o que lhe restava, mas ela temia que não fosse suficiente.

Partido. À beira da loucura, com a alma rachando com a vastidão do conhecimento, ela consentiu em aprender a verdade que a arruinaria. Lágrimas vazaram de seus olhos quando ela compreendeu a pura ignorância infantil de seu coração quando se despedaçou com a revelação do que ele mostrou a ela a seguir.

Carella olhou para a escuridão do céu noturno. Seus olhos não brilham mais com juventude e esperança. Eles olharam com dor - dor e saudade conquistadas depois de centenas de anos de arrependimento.

"Minha promessa foi cumprida", disse ela ao outrora querido Pesadelo.

"Você fez bem," Afótico falou dentre as estrelas.

Mesmo depois de todos os séculos, e através do ressurgimento da raça humana, Carella continuou a repetir aquela noite predestinada. Quando ela fechasse os olhos, ela veria a luz índigo de seus santos explodindo em chamas, como eles se afogaram na loucura enquanto morriam. Os tremores de suas mãos frágeis sacudiam suas lápides enquanto ela vagava pelo cemitério.

1.500 anos lhe ensinaram muito, e arrependimento, o maior de todos. Memórias da noite predestinada voltaram para ela a cada piscar de olhos. Os flashes infinitesimais a levaram à loucura e além. Depois que o Afótico molestou sua mente com sua verdade demente, ele cumpriu sua parte como prometido. O sacrifício de seus santos piedosos o capacitou a arrancar a escuridão de seu trono de soberania e acorrentá-la em seu próprio reino longe de Alyiria.

Com o imperador demônio morto e a Mãe das Trevas lançada na obscuridade, o reinado tirânico dos demônios terminou e, por sua vez, Alyiria prosperou. Os humanos refizeram o mundo e transformaram a humanidade em reinos e cidades, mas Carella não assistiu a nada disso. Ela permaneceu em auto-exílio nas profundezas de sua escola, cuidando das feridas de seus fracassos. A verdade a quebrou, mas ela sempre encontrava um caminho de volta da loucura para momentos frios de clareza surreal. Tal era o estado de espírito em que se encontrava esta noite.

"Um meio demônio e seu Pesadelo. . ." Ela suspirou e franziu os lábios com um sorriso sombrio, aproveitando o raro momento de coerência. "É uma pena que eu tenha sido tão tolo."

"Você deveria estar orgulhoso. Você é minha maior realização. Seu nome sai das línguas de seus seguidores em adoração".

Carella balançou a cabeça. Ela fez o que pôde por seu povo depois disso, mas não foi o suficiente.

"Você me fez sua arma, uma arma para destruir o mal do mundo apenas para inaugurar um novo parlamento de terror."

"De fato, os humanos geram o caos. E eu vou beber cada gota dele. . . ." Afótico fez um som de satisfação. "Já começou."

"Se ao menos eu não estivesse tão determinado a afogar minha ancestralidade demoníaca e abraçar meu caráter humano. Talvez então eu pudesse ter visto sua manipulação. . . . Talvez então eu não tivesse me apaixonado pela voz por trás das estrelas, meu precioso Pesadelo. Ah! Ela balançou a cabeça para afastar a imagem de sua juventude ingênua.

Em sua velhice, eram raros os momentos de clareza da loucura que lutava dentro de sua cabeça. Ela não desperdiçaria a oportunidade. Ela acariciou a capa de seu livro: seu sacrifício final. O tomo continha todos os 1500 anos de trabalho de sua vida.

Eu deveria queimá-lo.

No entanto, ela sabia que não o faria. Egoísta. Orgulhosa. O epítome da raça humana queimava dentro de seu eu meio-humano. O livro continha a semente que destruiria todo o mundo se tivesse tempo suficiente para crescer. Mas ela não poderia destruí-lo, por todos os seus perigos, também continha a verdade. Como os dois lados de uma lâmina, era sua única esperança.

As páginas desgastadas pareciam macias e convidativas enquanto ela folheava o volume sob seus dedos velhos e tortos. Como parecia simples e inocente. A capa não revelava nada da loucura que havia dentro. Poderia sua filha ser capaz de lê-lo sem afrouxar as costuras da realidade?

Ela só podia esperar que fosse o suficiente para salvar Alyiria. Com as pernas cansadas que haviam visto muitos passos, ela se levantou. E com os olhos cheios de arrependimento, ela desviou o olhar do céu e olhou para frente enquanto deixava o cemitério fora de sua escola. Ela voltou sua atenção para a catedral na Terra Além das Estrelas e não olhou de volta.

Ela deixou seu livro para trás, escondido dos alunos da Escola da Noite. Talvez o tomo chegasse às mãos de sua filha. Ou talvez não. Mas ela não podia mais pastorear o rebanho de cordeiros quando um por um eles se transformaram em lobos.

"Adeus, meu pesadelo", disse ela ao deixar sua terra natal para trás.

Chegara a hora de partir para a terra onde as estrelas iam morrer. Sim, ela ascenderia à Catedral das Estrelas Submersas, mas a morte seria uma misericórdia que ela não merecia.

Talvez ela se tornasse um Pesadelo.

"*Eu entendo agora. . . .*" *A compreensão me atinge como uma ponta de lança atravessada no centro da minha consciência. Posso sentir a impressão de desvanecimento do arrependimento de Carella. A memória de sua culpa arrasta minha alma para a compreensão. A compreensão de que os humanos serão sua própria ruína.*

"VOCÊ VÊ A VERDADE?"

"Sim . . . os-os humanos. . .elas são os únicos a trazer caos e destruição para Alyiria. Este Afótico estava preparando os humanos para os instrumentos de seu caos. Todo o sofrimento e opressão que eles suportaram foram os fogos da forja na qual ele moldou os seres à sua própria imagem. Ele manipulou os humanos para se tornarem os semeadores do caos final."

"COMO O MUNDO NUNCA VIU. OS HUMANOS VÃO SUPERAR OS DEMÔNIOS, OS DROWS, OS ANÕES, OS ELFOS. TODAS AS RAÇAS DE SERES SERÃO VÍTIMAS DA DESTRUIÇÃO DOS HUMANOS. COM O TEMPO, SEU CAOS DEVORÁ ALYIRIA."

"É você . . .Mãe das Trevas. . . ."

"VOCÊ FALA MEU NOME." Ela parece satisfeita. "AGORA FALA A VERDADE."

"Você é a única. Você criou os humanos, eles. . ." Outra pontada de compreensão. "NÓS fomos sua maior criação antes de O Afótico nos corromper. Minha mente parece à beira de se despedaçar à medida que se deforma ainda mais nas implicações diabólicas. Entendo agora que muitas das visões que ela me mostrou ainda não aconteceram. Eles são o que está por vir. "Nós humanos não somos dignos. Você . . . você deve retornar para trazer ordem.

O silêncio permeia o reino do nada. Quando ela fala a seguir, é com uma voz para desmanchar mundos nas sílabas e reforjar a existência ao final de cada anunciação. "VOCÊ PASSOU NO MEU TESTE, PEQUENA ALMA. VOCÊ PODE AGORA SE JUNTAR A MIM PARA TRAZER MINHA REEMERGÊNCIA."

"Mãe Sombria. . . me diga por onde começar."

About the Author

J.J. Kīmmorist is a fantasy and horror author from Nashville, Tennessee. A metalhead and avid horror movie connoisseur, she enjoys anything to do with the macabre. She lives with her husband, sister, nephew, and two spindly greyhounds in a creepy house on a hill.

Read more at https://www.kimmorist.com/.

www.ingramcontent.com/pod-product-compliance
Lightning Source LLC
Chambersburg PA
CBHW021220170726
47994CB00016BA/974